Diogenes Taschenbuch 23931

detebe

Sehnsucht nach der Sehnsucht

Die schönsten Liebesgedichte von

Kurt Tucholsky

Ausgewählt von Daniel Keel und Daniel Kampa

Diogenes

Die vorliegende Auswahl erschien
erstmals 2006 in der Reihe
›Diogenes Bibliothek‹
Alphabetisches Verzeichnis der Überschriften
und Anfänge der Gedichte am Schluß des Bandes
Umschlagillustration:
Maurice Biais, ›Saharet‹, Wintergarten,
Berlin 1903

Veröffentlicht als Diogenes Taschenbuch, 2009

www.diogenes.ch
40/09/8/1
ISBN 978 3 257 23931 7

I

Frau und Mann sind niemals frei
Stets ist ein Gefühl dabei

Konjugation in deutscher Sprache

Ich persönlich liebe
du liebst irgendwie
er betätigt sich sexuell
wir sind erotisch eingestellt
ihr liebt mit am besten
sie leiten die Abteilung: Liebe

Der Lenz ist da!

Das Lenzsymptom zeigt sich zuerst beim Hunde,
dann im Kalender und dann in der Luft,
und endlich hüllt auch Fräulein Adelgunde
sich in die frischgewaschene Frühlingskluft.

Ach ja, der Mensch! Was will er nur vom Lenze?
Ist er denn nicht das ganze Jahr in Brunst?
Doch seine Triebe kennen keine Grenze –
dies Uhrwerk hat der liebe Gott verhunzt.

Der Vorgang ist in jedem Jahr derselbe:
man schwelgt, wo man nur züchtig beten sollt,
und man zerdrückt dem Heiligtum das gelbe
geblümte Kleid – ja, hat das Gott gewollt?

Die ganze Fauna treibt es immer wieder:
Da ist ein Spitz und eine Pudelmaid –
die feine Dame senkt die Augenlider,
der Arbeitsmann hingegen scheint voll Neid.

Durch rauh Gebrüll läßt sich das Paar nicht
störren,
ein Fußtritt trifft den armen Romeo –
mich deucht, hier sollten zwei sich nicht
gehören …
Und das geht alle, alle Jahre so.

Komm, Mutter, reich mir meine Mandoline,
stell mir den Kaffee auf den Küchentritt. –
Schon dröhnt mein Baß: Sabine, bine, bine …
Was will man tun? Man macht es schließlich mit.

Nicht! Noch nicht!

Ein leichter Suff umnebelt die Gedanken.
Verdammt! Der Frühling kommt zu früh.
Der Parapluie
steht tief im Schrank – die Zeitbegriffe
schwanken.

Was wehen jetzt die warmen Frühlingslüfte?
Ein lauer Wind umsäuselt still
mich im April –
die Nase schnuppert ungewohnte Düfte.

Du lieber Gott, da ist doch nichts dahinter!
Und wie ein dicker Bär sich murrend schleckt,
zu früh geweckt,
so zieh ich mich zurück und träume Winter.

Ich bin zu schwach. Ich will am Ofen hocken –
die Animalität ist noch nicht wach.
Ich bin zu schwach.
Laternenschimmer will ich, trübe Dämmerung
und dichte Flocken.

Revue

Die Weiblichkeit laß ich vorüberrauschen,
Hilfsdienstmutwillige, Mädchen aus dem Land –
dem Schlagen eines Herzens will ich lauschen –
gib mir die Hand!

Ja, aber wer? In diesen Menschenwogen
schwimmt Tinchen, klein und blond, hin und
    zurück;
zwei linke Beine, zart und sanft gebogen –
ist das das Glück?

Wie ists mit der? Gott Eros schwingt die Fackel,
die Stangen des Korsettes krachen leis,
die kurzen Finger ziehn an einem Dackel –
ein Traum in Weiß.

Und du? in schwärzlich finstrer Reife,
die Schatten dunkler Stunden im Gesicht?
Es gibt noch Menschen, die besitzen Seife –
du hamsterst nicht.

Ich denk an die gnädige Frau. In Terzen
pfeif ich vergnügt: Mimi! von diesen Kindern
    keins.
Mein Wappenspruch, du Wort nach meinem
    Herzen:
    Jeder seins!

Kleines Operettenlied

Mit ihm schlafen ja, aber keine Intimitäten

Sei nicht böse, wenn ich dich, du liebe Inge,
hier leis besinge –
hör mich mal an:
In dem weiten Reich der schwärmerischen
    Dinge
knüpft eine Schlinge
dir jeder Mann.

Doch die Nacht ist keineswegs des Werkes
    Krönung.
Sieh, erst nachher da beginnt das wahre Spiel;
denn das Schlimmste an der Liebe ist
    Gewöhnung …
ein Mal ist kein Mal, aber acht Mal sind sehr
    viel.
    Laß die Liebe aus dem Spiel, wenn du liebst.
    Weil du dir dabei zu viel
    vergibst.
    Höre nicht auf Schmeichelein!
    Mußt du stets die Dumme sein?

Wenn du ehrlich bist, dann fällst du rein!
Das Geschäft ist faul: er nimmt, und du
gibst ...
Laß die Liebe aus dem Spiel, wenn du liebst!
Steht nach Küssen dir der Sinn,
na, dann geh nur ruhig hin –
Doch von Liebe, doch von Liebe steht nichts
drin!

Und ich weiß, wie das mal wird, du liebe Inge,
wenn ich einst hinge
an deiner Brust:
Um die Augen hast du dunkelblaue Ringe,
doch ach! ich bringe
dich nicht zur Lust.

Warum kommts, daß wir uns so verlieren
müssen?
Wer mehr liebt, der leidet noch und noch.
Und du siehst an mir vorbei, wenn wir uns
küssen,
und du hast Furcht. Und liebst ja doch ...
Laß die Liebe aus dem Spiel, wenn du liebst.
Weil du dir dabei zu viel
vergibst.
Erst schenkst du dein schönes Bein,
und du sagst: »Mehr solls nicht sein!«

Und das Herz, das folgt dann hinterdrein …
Und ich rate dir vergebens, wenn du
gibst:
Laß die Liebe aus dem Spiel, wenn du liebst!
Frau und Mann sind niemals frei.
Stets ist ein Gefühl dabei.
Und die Dummen sind gewöhnlich alle zwei!

Wider die Liebe

Die brave Hausfrau liest im Blättchen
von Lastern selten dustrer Art,
vom Marktpreis fleißiger Erzkokettchen,
vom Lustgreis auch mit Fußsackbart.

Mein Gott, denkt sich die junge Gattin,
mein Gott! welch ein Spektakulum!
»Das schlanke Frauenzimmer hat ihn ...«
Ja was? Sie bringt sich reinweg um.

O Frau! Die Phantasie hat Grenzen,
sie ist so eng – es gibt nicht viel.
Nach wenigen Touren, wenigen Tänzen
ists stets das alte, gleiche Spiel.

Der liebt die Knaben. Dieser Ziegen.
Die will die Männer laut und fett.
Die mag bei Seeoffizieren liegen.
Und der geht nur mit sich ins Bett.

Hausbacken schminkt sich selbst das Laster.
Sieh hin – und Illusionen fliehn.
Es gründen noch die Päderaster
›Verein für Unzucht, Sitz Berlin‹.

Was kann der Mensch denn mit sich machen!
Wie er sich anstellt und verrenkt:
Was Neues kann er nicht entfachen.
Es sind doch stets dieselben Sachen...
    Geschenkt! Geschenkt!

Sehnsucht nach der Sehnsucht

Erst wollte ich mich dir in Keuschheit nahn.
Die Kette schmolz.
Ich bin doch schließlich, schließlich auch ein
Mann,
und nicht von Holz.

Der Mai ist da. Der Vogel Pirol pfeift.
Es geht was um.
Und wer sich dies und wer sich das verkneift,
der ist schön dumm.

Denn mit der Seelenfreundschaft – liebste Frau,
hier dies Gedicht
zeigt mir und Ihnen treffend und genau:
es geht ja nicht.

Es geht nicht, wenn die linde Luft weht und
die Amsel singt –
wir brauchen alle einen roten Mund,
der uns beschwingt.

Wir brauchen alle etwas, das das Blut
rasch vorwärtstreibt –
es dichtet sich doch noch einmal so gut,
wenn man beweibt.

Doch heller noch tönt meiner Leier Klang,
wenn du versagst,
was ich entbehrte öde Jahre lang –
wenn du nicht magst.

So süß ist keine Liebesmelodie,
so frisch kein Bad,
so freundlich keine kleine Brust wie die,
die man nicht hat.

Die Wirklichkeit hat es noch nie gekonnt,
weil sie nichts hält,
Und strahlend überschleiert mir dein Blond
die ganze Welt.

Frühling im Hochgebirge

»Die Blonden sind sehr kalte Leute,
Die Liebe macht sie niemals heiß.
Was sonst die Damen so erfreute,
das läßt sie kalt. Sie sind von Eis.«

So spricht mein kluges Kind. – Indessen
ich glaube nicht, was sie da meint.
Man will und kann es nicht vergessen:
wie ists denn, wenn die Sonne scheint?

Im Schatten liegen Gletscherspalten
dumpf, finster und unnahbar da.
Man friert im Mark. In jene kalten
und frostigen Höhlen niemand sah.

Man friert im Mark ... Da blasen Winde
die Wolken fort, die Sonne ruft –
leis tropft es schon, geschwind, geschwinde –
am Gletscher weht ein warmer Duft.

Ein warmer Duft aus andern Landen –
Es taut. Es schmilzt mit einem Mal:
Und was so lange widerstanden,
das schäumt als Quelle nun zu Tal. –

Mißachtung der Liebe

Ach, Tante Julla, du in Neu-Ruppin
liest schaudernd von berliner Scheußlichkeiten,
und wie die Damen ihre Glieder spreiten,
und denkst: Dies Sündenbabylon Berlin!
    Und deine Äuglein öffnen sich in Lüsten,
    weil deine Kaffeeschwestern gerne wüßten
    von einem Paar, gelagert Bein an Bein …
        Wie mag das sein?

Ach, Tante Julla – komm mal an die Spree.
Und sieh dir dieses Wogen aus der Nähe,
ganz aus der Nähe an, wie ich es sehe.
Und denk dir nur ein Chambre séparée.
    Sie quietscht. Der Kellner schummelt. Dünne
        Geigen
    verleiten sie, sich ziemlich ganz zu zeigen.
    Ein Mieder noch und noch ein Brüstchen-
        lein …
        Was kann da sein –?

Ach, Tante Julla – wir sind nicht blasiert.
Und doch: wie eng ist dieser Markt der Liebe!
Der liebt die Knaben, jener schätzt die Hiebe,
und der ist nur von Zöpfen enchantiert.
  Die Themis bullert mit Moralgesetzen.
  Man muß Erotik nicht so überschätzen.
  Bleib nur in deinen bürgerlichen Träumen,
  du hast hier nämlich gar nichts zu versäumen.
  Bleib, Tante Julla, in dem Stübchen klein –
    Was kann da sein –?
      Was kann da wirklich sein –?

Bekehrung

Für Mary

Du spukst und beißt und bist so böse
und runzelst Stirn und Augenbraun –
und wenn ich dir das Schuhband löse,
willst du mir nicht ins Auge schaun.
Du bist sonst lieb, ein weiches Schätzchen –
jetzt aber Feind im Séparée ...
Und alles durch das eine Sätzchen:
On n'est jamais le premier.

Das ist kein Schimpf. Es gibt so viele,
so viele Männer auf der Welt,
und es gibt viele Liebesspiele
(was jedem Mädchen wohl gefällt).
Da reißt nun nichts. Man bleibt wie immer,
man weiß das Liebes A-B-C,
ein Jungfräulein ... und doch ein Schimmer ...
on n'est jamais le premier.

Man wills auch nicht.
Von Blondheit trunken
will man vergessen, wer man ist.
In eine weiße Brust versunken
pfeift man auf alle Liebeslist.
Man hat dich lieb. Du sollst nicht grollen,
du Schrumpelhexe, Zauberfee –,
laß ab vom Mäulchenziehn, vom Schmollen:
Man glaubts.
On est le premier.–

II

Morgens, vom letzten Schlaf ein Stück,
nimm mich ein bißchen mit –

Für Mary

Gibst du dich keinem – ? Bist du nur blond und
kühl?
Demütigt dich ein starkes, heißes Gefühl?
Wir sind allein. –

Jeder ist so vom andern durch Weiten getrennt,
daß er nicht weiß, wo es lodert und flammt und
brennt –
Wir sind allein. –

Selten nur springt ein Funke von Blut zu Blut,
bringt zur Entfaltung, was sonst in der Stille
ruht –
Wir sind allein. –

Aber einmal – kann es auch anders sein –
Einmal gib dich, – und, siehst du, dann wird aus
zwein:
Wir beide –
Und keiner ist mehr allein. –

Sie schläft

Morgens, vom letzten Schlaf ein Stück,
nimm mich ein bißchen mit –
auf deinem Traumboot zu gleiten ist Glück –
Die Zeituhr geht ihren harten Schritt...
    pick-pack ...

»Sie schläft mit ihm« ist ein gutes Wort.
Im Schlaf fließt das Dunkle zusammen.
Zwei sind keins. Es knistern die kleinen
    Flammen,
aber dein Atem fächelt sie fort.
Ich bin aus der Welt. Ich will nie wieder in sie
    zurück –
jetzt, wo du nicht bist, bist du ganz mein.
Morgens, im letzten Schlummer ein Stück,
kann ich dein Gefährte sein.

Die Insel

Ich konnte kaum die Nacht erwarten,
nun war sie da.
Eintrat ich in den Liebesgarten –
und bin dir nah.

Die Skala der Gefühle spielen wir:
ein Duett.
Du exzellierst in allen Stilen –
adrett … kokett …

Scham. Abwehr. Weichen. Überfließen.
Ermattung. Schlaf.
Wie wir uns lose treiben ließen …
Du schlummerst brav.

Der Morgen graut. Da rutscht die Zeitung
leise durch den Spalt,
Die böse Mittlerin, die Leitung –
Das Schlagwort knallt.

Im Dämmern les ich eine Zeile:
»Herr Müller spricht.«
Hart tickt die Uhr in dummer Eile.
Wir bleiben nicht.

Wir treiben fort. In das Gerinsel
blick ich zurück.
Du gabst auf einer kleinen Insel
ein kleines Stundenglück.

Für Mary

Die Verse sind mir leider ausgegangen –
Es ist so heiß.
Ich habe nur ein lästerlich Verlangen
nach Blond und Weiß.
Beamte, Akten, Schieber, bunte Bauern –
ein dummes Land.
Wie lange nur soll dieser Spaß noch dauern?
Gib mir die Hand.

So weit, so weit weg mag ich nicht immer
    bleiben,
was nutzt Papier!
Und nach dem allerletzten Feldpostschreiben
bin ich bei Dir. –

Auf einen Ring

Für Mary

Ring einer Frau, du funkelst an meiner Hand,
grüßt du herüber von ihr, aus dem weiten Land?
Zauberring, ich drehe dich nur ein Mal –
und da steht deine Herrin vor mir im Saal.

Zauberring, ich trage dich Nacht und Tag,
und wir lauschen auf jeden langsamen
Glockenschlag.
Was ich las und lebte und sah und litt,
alles liest und erlebst und siehst du mit.

Peitscht der Hagel und pfeifen die Winde ums
Haus,
gab ich hochatmend das letzte der Kräfte aus,
fühl ich nur deinen kantig geschliffenen Stein,
und du läßt mich ruhig und ganz geborgen sein.

Einmal aber geb ich dich ihr zurück.
Was ist dann? Eine Ehe? Ein blondes Glück?
Du bist da und das, was ich nie verlor.
Tiefer glüht dein Rot, hell blitzt dein Gold
empor.

Subkutan

Ich geh mit etwas weichen Knien
und träumerisch durch ganz Berlin
leicht angeknockt und ein wenig schwach:
ernsten Berufsgeschäften nach.

Der Ordner hieß ›Helvetia‹;
von den Packpapierbogen ist nichts mehr da;
die Lieferung hätten wir noch ergattert –
Telefon schnurrt, Schreibmaschine schnattert…
Chinesisch-fett ruht mein Gesicht,
und was gestern war, weiß keiner nicht.

Da gibt es im Märchen einen Zwerg,
der glaubt sich mit allem längst über den Berg;
an einem unbewachten Ort
sagt das Dummchen sein Zauberwort
und tanzt dazu auf einem Bein
und steht nicht an, vor sich hin zu schrein:
    »Ach, wie schön, daß niemand weiß,
    daß ich Rumpelstilzchen heiß –!«

Vor mir schreibt ein gebeugter Scheitel ...
Männer sind manchmal bodenlos eitel.
Und in mir gluckert ein Freudengebraus:
ich hab euch allen etwas voraus!
    Und beschaulich, in guter Ruh,
    seh ich den Geisteskranken zu,
    die sich im Reichstag wichtig machen,
    hör still erfreut die Schlagzeilen krachen
    von Morgen-, Mittag- und Nachtausgabe ...
Macht, macht ... Ich persönlich habe
meinen Teil weg. Und bin angenehm matt.
Wer hat, hat.
                              Nur kein Neid.
Das ist die schönste Tageszeit:
die nach der Erfüllung. Da läßt man sich treiben,
möchte immerzu die Hände reiben
und hat zu eignem Privatgebrauch
so etwas wie Schadenfreude im Bauch.
Denn jeder Kerl glaubt dann und wann,
er sei ganz alleine ein Mann.

Kein Feuer, keine Kohle
kann brennen so heiß
wie die heimliche Liebe,
von der niemand nichts weiß.

Kennst du das?

Zu dem, was an solchem Tage geschieht,
zu allem, was dein Auge sieht,
zu allen Reden und Diskussionen,
zu allen Reichsgerichts-Konstruktionen;
zu Vollbärten, die sich gebildet bekleckern –:
immer hörst du ein Stimmchen meckern:
»Ach wie schön, daß niemand weiß,
daß ich Rumpelstilzchen heiß –!«

Mensch sei diskret! Ein Dummkopf, wer sich
spreizt.
Fremder Hunger langweilt.
Fremdes Glück reizt.
Und dann sieht dich jemand in ihrem Haus.
Und dann ist die ganze Bescherung aus.

III

Wir sitzen mit unsern Gefühlen
meistens zwischen zwei Stühlen –

Mikrokosmos

Daß man nicht alle haben kann –!
Wie gerne möcht ich Ernestinen
als Schemel ihrer Lüste dienen!
Und warum macht mir Magdalene,
wenn ich sie frage, eine Szene?
Von jener Lotte ganz zu schweigen –
ich tät mich ihr als Halbgott zeigen.
Doch bin ich schließlich 1 Stück Mann …
Daß man nicht alle haben kann –!

Gewiß: das Spiel ist etwas alt.
Ich weiß, daß zwischen Spree und Elbe
das Dramolet ja stets dasselbe,
doch denk ich alle, alle Male:
entfern ich diesmal nur die Schale –
was wird sich deinen Blicken zeigen?
Was ist, wenn diese Lippen schweigen?
Nur diesmal greifts mich mit Gewalt …
(Gewiß: das Spiel ist alt.)

Daß man nicht alle haben kann –!
Das läßt sich zeitlich auch nicht machen …
Ich weiß, jetzt wirst du wieder lachen!
Ich komm doch stets nach den Exzessen
zu dir und kann dich nicht vergessen.
So gib mir denn nach langem Wandern
die Summe aller jener andern.
Sei du die Welt für einen Mann …
weil er nicht alle haben kann.

Blick in die Zukunft

Du schläfst bei mir. Da plötzlich, in der
    Nacht, du liebe Dame,
Bist du mit einem Laut mir jäh erwacht –
    War das ein Name?

Ich horche. Und du sagst es noch einmal –
    im Halbschlaf: »Leo …«
Bleib bei der Sache, Göttin meiner Wahl!
    Ich heiße Theo.

Noch bin ich bei dir. Wenn die Stunde
    naht, da wir uns trennen:
Vielleicht lernt dich dann ein Regierungs-
    rat im Teeraum kennen.

Und gibst du seinen Armen nachts dich preis,
    den stolzen Siegern: –
Dann flüstre einmal meinen Namen leis
    und denk an Tigern.

Meeting

Das ist nun so.
Je freier und je nackter,
je mehr enthüllt das Herz sich. Offen liegt
beim Boxen und beim Lieben der Charakter
des Partners, der dich hüllenlos besiegt.

Die Trainer schreien. »Zeit!« Ihr streckt die
Hände.
Ihr seid ein Knäul. Ein Wille. Ein Duett.
Die strengen Regeln treibens bis zum Ende
beim Boxen, liebe Frau, und auch im Bett.

Wie schön zu kämpfen und sich zu umfassen.
Da noch ein Druck und da ein Untergriff.
Und dann betäubt sich leise treiben lassen …
Der Richter gibt den ersten Pausenpfiff.

Der nächste Gang. So gib, du, gib dein Letztes.
Ich fühle lebensnahe, glatte Haut …
Aus Tiefen springt dein Herzblut, und dann
netzt es
mich weich – wie bist du mir vertraut!

Wo bist du, Welt?
Die Erde soll versinken.
Es hüllt der Kampf uns, tief bewußtlos, ein.
Und meine trocknen Lippen wollen trinken.
Ich hasse dich. Doch du mußt bei mir sein.

Die Gruppe löst sich.
Und die Trainer wettern.
Der Richter winkt. Das Publikum kann gehn.
Und morgen stets in allen großen Blättern:
»Jolanthe / Tiger –
Ausgang: 10 zu 10.«

Lied fürs Grammophon

Gib mir deine Hand,
    Lucindy!
Du, im fernen Land –
    Lucindy!
Wie die Ätherwellen flitzen
über Drähte, wo die Raben sitzen,
    saust meine Liebe dir zu …
        du –
    tu–tu–tu– mmm –

Wenn du mich liebst, so singt dein Blut,
    Lucindy!
Ach, wenn du nicht da bist, bin ich dir so gut,
    Lucindy!
Dein, dein Lächeln läßt mir keine Ruh …
    Man kann von oben lächeln,
    man kann von unten lächeln,
    man kann daneben lächeln –
        wie lächelst du?
    tu–tu–tu– mmm –

Meine, die will mich verlassen,
    Lucindy!
Deiner, der will dich fassen,
    Lucindy!
Kehr zu ihm zurück!
Vielleicht ist das das Glück …
    Ich guck in den Mond immerzu –
    oh, so blue – mmm –

Wie man auch setzt im Leben,
    Lucindy!
man tippt doch immer daneben,
    Lucindy!
Wir sitzen mit unsern Gefühlen
meistens zwischen zwei Stühlen –
und was bleibt, ist des Herzens Ironie …
    Lucindy!
    Lucindy!
    Lucindy –!

Liebespaar am Fenster

Dies ist ein Sonntag vormittag;
wir lehnen so zum Spaße
leicht ermüdet zum Fenster hinaus
und sehen auf die Straße.
　　Die Sonne scheint. Das Leben rinnt.
　　Ein kleiner Hund, ein dickes Kind ...
　　Wir haben uns gefunden
　　für Tage, Wochen, Monate
　　　　und für Stunden – für Stunden.

Ich, der Mann, denke mir nichts.
Heut kann ich zu Hause bleiben,
heute geh ich nicht ins Büro –
... an die Steuer muß ich noch schreiben ...
　　Wieviel Uhr? Ich weiß nicht genau.
　　Sie ist zu mir wie eine Frau,
　　ich fühl mich ihr verbunden
　　für Tage, Wochen, Monate
　　　　und für Stunden – für Stunden.

Ich, die Frau, bin gern bei ihm.
Von Heiraten wird nicht gesprochen.
Aber eines Tages will ich ihn mir
ganz und gar unterjochen.
    Die Dicke, daneben auf ihrem Balkon,
    gibt ihrem Kinde einen Bonbon
    und spielt mit ihren Hunden …
    So soll mein Leben auch einmal sein –
        und nicht nur für Stunden – für Stunden.
Von Kopf zu Kopf umfließt uns ein Strom;
noch sind wir ein Abenteuer.
Eines Tages trennen wir uns,
eine andere kommt … ein neuer …
    Oder wir bleiben für immer zusammen;
    dann erlöschen die großen Flammen,
    Gewohnheit wird, was Liebe war.
    Und nur in seltenen Sekunden
    blitzt Erinnerung auf an ein schönes Jahr,
        und an Stunden – an glückliche Stunden.

IV

Das ist schwer: ein Leben zu zwein
Nur eins ist noch schwerer: einsam sein

Es ist

Es ist so viel unverbrauchte Zärtlichkeit in
Hotelzimmern,
wo sie allein liegen:
ein Mann, oder eine Frau, oder ein angebroche-
nes junges Mädchen –
in leiser Lächerlichkeit liegen wir allein.

Es ist eine Einsamkeit, umflossen
von den Strömen des städtischen Gases,
des elektrischen Stromes, für alle gemacht,
einer Zentralheizung, eines Zentralessens, einer
Zentralzeitung …
aber ein kleiner Fleck ist noch da,
auf dem sind wir allein.

Jeder liegt in seiner Schublade.
Die kleinen Härchen auf den Oberarmen
schwanken suchend im Luftzug,
wie die Greifer der Meerespflanzen in strömen-
dem Wasser;
die Haut langweilt sich.

Wenn jetzt einer käme und sagte: »Bitte sehr!
    ich liege Ihnen zur Verfügung!«
wenn ich jetzt durch die Wand ginge zu meiner
    Nachbarin –
(»Man ist doch keine Hure! ich werfe mein
    Leben nicht in Hotels weg!« – Kusch.)
– wenn jetzt eine dicke Dame käme, mich im
    Bad zu massieren;
wenn sich jetzt der Jungen ein verständiger
    Mann gesellte, der sie nur streichelte...
ungenützt ist die Nacht.

Dreivierteleins.
Es kocht in den Röhren des Badezimmers;
badet jemand noch so spät?

Neugierig sind wir auf fremde Körper.
Wie legen Sie abends das Hemd auf den Stuhl?
    Lieben Sie Fruchtsalz?
Ziehen Sie ihre Uhr morgens oder abends auf?
Und in der Liebe?
Sind Sie gesund? Verzeihen Sie, ich habe solche
    Furcht vor Krankheiten –
das ist ein Teil meiner Tugend.

I'm in love again –
nein, das eigentlich nicht:
es sollte nur jemand da sein, an dem ich mich
spüren kann.
Warum, 318 (mit Bad), liegen Sie so allein?
Denkbar wäre auch eine Hotelgeisha, die höflich
liebt,
und die auf der Rechnung nur als kleiner, diskreter Kreis vermerkt ist –
aber schöner wäre ein Gast.

Warum kommt nie ein Einsamer zu einer
Einsamen?
Stolz kriechen wir in unser zuständiges Gehäus,
hygienisch, unnahbar, vernünftig,
allein.

Knips das Licht an, sagt der Schlaflose zu sich
selbst
(er duzt sich, weil er sich schon so lange kennt) –
und lies noch ein bißchen.
Du hast zu viel Pfirsich-Melba gegessen, daher
solche Gedanken,
Luftblasen auf dem Meer der inneren Sekretion.
Du bist überhaupt gar nicht allein. Du hast eine
Zeitung. Lies:

8. Fortsetzung Nachdruck verboten.

Schließlich raffte sie ein Spiel Karten auf, kauerte sich neben den Kamin und begann, eifrig und hingegeben zu mischen.

»Ich kam in der Absicht«, begann er mit einer nicht ganz festen Stimme, »noch heute um Ihre Hand anzuhalten.« Das schöne Mädchen

Abschied von der Junggesellenzeit

Agathe, wackel nicht mehr mit dem Busen!
Die letzten roten Astern trag herbei!
Laß die Verführungskünste bunter Blusen,
das Zwinkern laß, den kleinen Wollustschrei ...
Nicht mehr für dich foxtrotten meine Musen –
vorbei – vorbei ...
Es schminkt sich ab der Junggesellenmime:
Leb wohl! Ich nehm mir eine Legitime!

Leb, Magdalene, wohl! Du konntest packen,
wenn du mich mochtest, bis ich grün und blau.
Geliebtendämmerung. Der Mond der weißen
 Backen
verdämmert sacht. Jetzt hab ich eine Frau.
Leb, Lotte, wohl! Dein kleiner fester Nacken
ruht itzt in einem andern Liebesbau ...
Lebt alle wohl! Muß ich von Kindern lesen:
Ich schwör sie ab. Ich bin es nicht gewesen.

Nur eine bleibt mir noch in Ehezeiten –
in dieser Hinsicht ist die Gattin blind –,
dein denk ich noch in allen Landespleiten:
Germania! gutes, dickes, dummes Kind!
Wir lieben uns und maulen und wir streiten
und sind uns doch au fond recht wohlgesinnt …
Schlaf nicht bei den Soldaten! Das setzt Hiebe!
Komm, bleib bei uns! Du meine alte Liebe –!

Versunkenes Träumen

Lieblich ruht der Busen, auf dem Tisch,
jener Jungfrau, welche rosig ist und frisch.

Ach, er ist so kugelig und gerundet,
daß er mir schon in Gedanken mundet.

Heil und Sieg dereinst dem feinen Knaben,
dem es freisteht, sich daran zu laben.

Jener wird erst stöhnen und sich recken;
aber nachher bleibt er sicher stecken.

Heirat, Kinder und ein häusliches Frangssäh –
nichts von Liebesnacht und jenem Kanapee …

Ich hingegen sitz bei ihren Brüsten,
und – gedanklich – dient sie meinen Lüsten.

Doch dann steh ich auf und schlenkre froh mein
Bein,
schiebe ab,
bin frei –
und lasse Jungfer Jungfer sein! –

Berliner Bälle

»Mit dir – mit dir – möcht ich mal sonntags
angeln gehn –
Yes, Sir, that's my baby!
Mit dir – mit dir – da denk ich mir das wunder-
schön! –
I wonder, where my baby is to night –«
Junge Rechtsanwälte biegen sich im Boston –
dies Mädchen ist nicht von hier; die ist aus
dem Osten!
Kleine Modezeichner schlenkern viel zu viel
mit die Beine –
ein dubioser Kerl tanzt im Rund seinen
Charleston alleine.
Der Saal kocht in Farben, Musik, Lärm,
Staub und Gebraus –
die Frauen schwimmen im Tanzmeer, das
spült sie aus den Logen heraus –
In dreißig Sälen dieselben schwarzen
Jüdinnen, in Silber eingewickelt wie
die Zigarren, beturbant; dieselben
Melodien …

Heute nacht tanzen sechzigtausend
Menschen in Berlin.

»Wo
sind deine Haare –
What did I kiss that girl,
du mußt nach Berlin,
Barcelona – Parlez-vous français?«
In allen Ateliers näseln die Grammophone;
weinrot stehn die Lampions in der grauen
Luft – die Frau ist gar nicht so ohne –
Kein Licht machen! Treten Sie nicht auf die
Paare!
Wo sind deine Haare –?
August …
Jetzt sinkt das Fest sachte zu Boden wie
ein müdes Blatt,
Gehst du schon? Wohl dem, der jetzt eine
bunte kleine Wohnung hat.
In allen nächtlichen Hauswürfeln diesel-
ben Neckrufe,
Gelächter, ratschenden Nadeln, Seufzer,
feinen Melancholien.
Heute nacht tanzen sechzigtausend
Menschen in Berlin.

Sachliche Liebe, die du mit ohne Seele blühst;
berliner Knabe, der du dich kaum noch
bemühst!
Das Wo ist meistens schwieriger als das Ob –
Aphrodite mit dem berliner Kopp!
Aphrodite, schaumgeborne, laß mal
sehn,
wie sie alle, alle mit dir angeln gehn!
»Hallo? Wie is Ihn denn gestern bekomm? Gut?
ja? Ausgeschlafen?
Hach! Daran kann ich mich gahnich
erinnern. Nein. Der hat doch Sonja das
Chinesenkostüm geliehn ...!«

Als wär nie nichts gewesen
telefonieren dreißigtausend Paare in Berlin.

Theorie der Leidenschaft

Von wejen Liebe …
                    Wat der Affe klönt!
Ick hab ma ehmt bloß an'n jewöhnt!
Ick weß nu schon: det Morjens seine Socken …
uff seinen Oberarm die zweenhalb Pocken …
Von wejen Liebe –!
                    Hö! So siehste aus.
               Mensch, nischt wie raus!

Da sind wa neulich in'n Film jewesen.
Da jab et eenen schönen Brief zu lesen.
Een Vers:
  DIE EIFERSUCHT IST EINE LEIDENSCHAFT,
  DIE MIT EIFER SUCHT, WAS LEIDEN SCHAFFT.
Na ja doch. Aba det wär ja jelacht:
Wenn der mit seine Nutten macht –
ick sahre nischt. Ick kenn doch diß jenau!
Son fauler Kopp. Ick ärja mir bloß blau,
det ick mir ärjere. Denn der vadient det jahnich,
der Affenschwanz, der olle Piesenkranich.
Ick mach et janz jenau wie er – son Aas …!
A det is komisch: mir machts keenen Spaß.

Mich kann die janze Männerbransche –!
Ich nehme jahnich jern Revansche.
    Ick, Lottchen, bin ja dazu viel zu schlau.
    So is det meine Meinung nach mit jede Frau:
    Sofern wir iebahaupt 'n Herrn ham,
    denn ham wir jern, det wirn jern ham!
    Ob Schupouniform, ob in Zevil:
    es is von wejen det Jefiehl.
    Da weeß der jahnischt von. Der pust sich auf
    und kommt sich vor un is noch stolz
        dadrauf ...
Von wejen Liebe ...
                        Det bestimmt doch keinesfalls
der Mann mit seinen unjewaschenen Hals!
Ich küsse ihre Hand, Madam.
                    Diß jlauben bloß die Kälber.
                Ick sahre so –:
Det Schönste an die Liebe is die Liebe selber.

Augen in der Groß-Stadt

Wenn du zur Arbeit gehst
am frühen Morgen,
wenn du am Bahnhof stehst
mit deinen Sorgen:
da zeigt die Stadt
dir aspahltglatt
im Menschentrichter
Millionen Gesichter:
Zwei fremde Augen, ein kurzer Blick,
die Braue, Pupillen, die Lider –
Was war das? vielleicht dein Lebensglück …
vorbei, verweht, nie wieder.

Du gehst dein Leben lang
auf tausend Straßen;
du siehst auf deinem Gang,
die dich vergaßen.
Ein Auge winkt,
die Seele klingt;
du hasts gefunden,
nur für Sekunden …
Zwei fremde Augen, ein kurzer Blick,

die Braue, Pupillen, die Lider;
Was war das? kein Mensch dreht die Zeit
    zurück ...
Vorbei, verweht, nie wieder.

Du mußt auf deinem Gang
durch Städte wandern;
siehst einen Pulsschlag lang
den fremden Andern.
        Es kann ein Feind sein,
        es kann ein Freund sein,
        es kann im Kampfe dein
        Genosse sein.
    Es sieht hinüber
    und zieht vorüber ...
Zwei fremde Augen, ein kurzer Blick,
die Braue, Pupillen, die Lider.
Was war das?
        Von der großen Menschheit ein Stück!
Vorbei, verweht, nie wieder.

Nebenan

Es raschelt so im Nebenzimmer
im zweiten Stock, 310 –
ich sehe einen gelben Schimmer,
ich höre, doch ich kann nichts sehn.
    Lacht eine Frau? spricht da ein Mann?
    ich halte meinen Atem an –
Sind das da zwei? was die wohl sagen?
ich spüre Uhrgetick und Pulse schlagen …
    Ohr an die Wand. Was hör ich dann
        von nebenan –?

Knackt da ein Bett? Rauscht da ein Kissen?
Ist das mein Atem oder der
von jenen … alles will ich wissen!
Gib, Gott, den Lautverstärker her –!
    Ein Stöhnen; hab ichs nicht gewußt …
    Ich zecke an der fremden Lust;
    ich will sie voller Graun beneiden
    um jenes Dritte, über beiden,
        das weder sie noch er empfinden kann …

»Marie –!«
Zerplatzt.
Ein Stubenmädchen war nur nebenan.

War ich als Kind wo eingeladen –:
nur auswärts schmeckt das Essen schön.
Bei andern siehst du die Fassaden,
hörst nur Musik und Lustgestöhn.
Ich auch! ich auch! es greift die Hand
nach einem nichtvorhandenen Land:
Ja, da –! strahlt warmer
Lampenschimmer.
Ja, da ist Heimat und das Glück.
In jeder Straße läßt du immer
ein kleines Stückchen Herz zurück.
Darfst nie der eigenen Schwäche fluchen;
mußt immer nach einem Dolchstoß suchen.
Ja, da könnt ich in Ruhe schreiben!
Ja, hier –! hier möcht ich immer bleiben,
in dieser Landschaft, wo wir stehn,
und ich möchte nie mehr nach Hause
gehn.

Schön ist nur, was niemals dein.
Es ist heiter, zu reisen, und schrecklich, zu sein.
Ewiger, ewiger Wandersmann
und das kleine Zimmer nebenan.

Ehekrach

»Ja –!«
»Nein –!«
»Wer ist schuld?
                Du!«
»Himmeldonnerwetter, laß mich in Ruh!«
– »*Du* hast Tante Klara vorgeschlagen!
Du läßt dir von keinem Menschen was sagen!
Du hast immer solche Rosinen!
Du willst bloß, ich soll verdienen, verdienen –
Du hörst nie. Ich red dir gut zu …
Wer ist schuld –?
                Du.«
»Nein.«
»Ja.«

– »*Wer* hat den Kindern das Rodeln verboten?
Wer schimpft den ganzen Tag nach Noten?
Wessen Hemden muß ich stopfen und plätten?
Wem passen wieder nicht die Betten?
Wen muß man vorne und hinten bedienen?
Wer dreht sich um nach allen Blondinen?
                                        Du –!«

»Nein.«
»Ja.«
»Wem ich das erzähle ...!
Ob mir das einer glaubt –!«
– »Und überhaupt –!«
»Und überhaupt –!«
»Und überhaupt –!«

Ihr meint kein Wort von dem, was ihr sagt:
Ihr wißt nicht, was euch beide plagt.
Was ist der Nagel jeder Ehe?
Zu langes Zusammensein und zu große Nähe.

Menschen sind einsam. Suchen den andern.
Prallen zurück, wollen weiter wandern ...
Bleiben schließlich ... Diese Resignation:
Das ist die Ehe. Wird sie euch monoton?

Zankt euch nicht und versöhnt euch nicht:
Zeigt euch ein Kameradschaftsgesicht
und macht das Gesicht für den bösen Streit
lieber, wenn ihr alleine seid.

Gebt Ruhe, ihr Guten! Haltet still.
Jahre binden, auch wenn man nicht will.
Das ist schwer: ein Leben zu zwein.
Nur eins ist noch schwerer: einsam sein.

Wie mans macht

a) Trost für den Ehemann

Und wenn sie dich so recht gelangweilt hat,
dann wandern die Gedanken in die Stadt ...
Du stellst dir vor, wie eine dir,
und wie du ihr, das denkst du dir ...
    Aber so schön ist es ja gar nicht!

Mensch, in den Bars, da gähnt die Langeweile.
Die Margot, die bezog von Rudolf Keile.
Was flüstert nachher deine Bajadere?
Sie quatscht von einer Filmkarriere,
und von dem Lunapark und Feuerwerk,
und daß sie Reinhardt kennt und Pallenberg ...
    Und eine Frau mit Seele? Merk dies wichtige:
    die klebt ja noch viel fester als die richtige.

Du träumst von Orgien und von Liebesfesten.
Ach, Mensch, und immer diese selben Gesten,
derselbe Zimt, dieselben Schweinerein –
was kann denn da schon auf die Dauer sein!
Und hinterher, dann trittst du an

mit einem positiven Wassermann,
so schön ist das ja gar nicht.

Sei klug. Verfluch nicht deine Frau, nicht
deine Klause.
Bleib wo du bist.
Bleib ruhig zu Hause.

b) Trost für den Junggesellen

Du hast es satt. Wer will, der kann.
Du gehst jetzt häufiger zu Höhnemann.
Der hat mit Gott zwei Nichten. Zart wie Rehe.
Da gehst du ran. Du lauerst auf die Ehe.

Bild dir nichts ein. Du schüttelst mit dem Kopf?
Ach, alle Tage Huhn im Topf
und Gans im Bett – man kriegt es satt,
man kennt den kleinen Fleck am linken
Schulterblatt …
So schön ist es ja gar nicht!

Sie zählt die Laken. Sagt, wann man großreine-
machen soll.
Du weißt es alles, und du hast die Nase voll.
Erst warst du auf die Heirat wie versessen;

daß deine Frau auch Frau ist, hast du bald
vergessen.

Sei klug. Verfluch nicht deine Freiheit, deine
Klause.
Bleib wo du bist.
Bleib ruhig zu Hause.

c) Moral

Lebst du mit ihr gemeinsam – dann fühlst du
dich recht einsam.
Bist du aber alleine – dann frieren dir die Beine.
Lebst du zu zweit? Lebst du allein?
Der Mittelweg wird wohl das richtige sein.

Danach

Es wird nach einem happy end
im Film jewöhnlich abjeblendt.
  Man sieht bloß noch in ihre Lippen
  den Helden seinen Schnurrbart stippen –
  da hat sie nu den Schentelmen.
    Na, un denn –?

Denn jehn die beeden brav ins Bett.
Na ja … diß is ja auch janz nett.
  A manchmal möcht man doch jern wissn:
  Wat tun se, wenn se sich nich kissn?
  Die könn ja doch nich imma penn …!
    Na, un denn –?

Denn säuselt im Kamin der Wind.
Denn kricht det junge Paar 'n Kind.
  Denn kocht sie Milch. Die Milch looft üba.
  Denn macht er Krach. Denn weent sie drüba.
  Denn wolln sich beede jänzlich trenn …
    Na, un denn –?

Denn is det Kind nich uffn Damm.
Denn bleihm die beeden doch zesamm.
    Denn quäln se sich noch manche Jahre.
    Er will noch wat mit blonde Haare:
    vorn doof und hinten minorenn …
        Na, un denn –?

Denn sind se alt.
                    Der Sohn haut ab.
Der Olle macht nu ooch bald schlapp.
    Vajessen Kuß und Schnurrbartzeit –
    Ach, Menschenskind, wie liecht det weit!
    Wie der noch scharf uff Muttern war,
    det is schon beinah nich mehr wahr!
    Der olle Mann denkt so zurück:
    wat hat er nu von seinem Jlück?
    Die Ehe war zum jrößten Teile
    vabrühte Milch un Langeweile.
Und darum wird beim happy end
im Film jewöhnlich abjeblendt.

Stoßseufzer einer Dame, in bewegter Nacht

Der Teufel hol den schwarzen Kaffee, wieviel
Uhr mags denn sein?
Ich kann ja nicht, kann ja nicht schlafen!
Und neben mir der alte Affe schläft immer
gleich ein,
und ich kann nicht, ich kann nicht schlafen!
Ich bin ja noch munter und plage mich
und guck an mir runter und frage mich:
Sind das meine Beine – oder sind das deine
Beine – oder sind das unsre Beine –
oder wie?
Mensch, schlaf nicht – schlaf bloß nicht – in
Kompagnie!

Da liegen viele Zeitungsnummern und ein Buch
übern Tanz ...
was nützt es denn, wenn ich noch lese?
Kann einer nämlich nicht entschlummern, und
der andre, der kanns –:

dann wird man, dann wird man so beese ...
Seh ich ihn so schlafen, dann will ich das auch.
Und er stößt mir die Beine in meinen Bauch ...
Sind das meine Beine – oder sind das seine Beine – oder sind das unsre Beine – oder wie ...?
Mensch, schlaf bloß nicht – schlaf bloß nicht – in Kompagnie!

Das ist die Hölle wie von Dante – der Mann ist so roh!
Die Decke, die ist immer seine ...
Ich kipple ängstlich auf der Kante – mal so und mal so –
man denkt, man hat siebenhundert Beine.
Seh ich mir so an, welcher Haarwuchs ihn ziert:
es wär Zeit, daß er sich mal die Beine rasiert ...
Sind das meine Beine – oder sind das seine Beine – oder sind das unsre Beine – oder wie ...?
Mensch, schlaf bloß nicht – schlaf bloß nicht – in Kompagnie!

Als kleine Mädchen, bunt bebändert – hatten
wir einen Wunsch:
für die Nacht einen leiblichen Grafen!

Inzwischen hat sich das geändert – ich zieh
einen Flunsch –
ich kann ja zu zwein doch nicht schlafen!
Ich wünsch mir nur eines, aber das wünsch
ich sehr:
ich möcht mal allein sein – dann fragt ich
nicht mehr:
Wem gehört denn – wem gehört denn – wem
gehört denn das Bein!

Lieben: ja.
Aber schlafen? Allein …!

V

Das Blut, es schreit, wir beugen uns bei Fräulein Hinz und Fräulein Kunz

Stationen

Erst gehst du umher und suchst an der Frau
das, was man anfassen kann.
Wollknäul, Spielzeug und Kätzchen – Miau –
du bist noch kein richtiger Mann.
Du willst eine lustig bewegte Ruh:
sie soll anders sein, aber sonst wie du …
Dein Herz sagt:
Max und Moritz!

Das verwächst du. Dann langts nicht mit dem
Verstand.
Die Karriere! Es ist Zeit …!
Eine kluge Frau nimmt dich an die Hand
in tyrannischer Mütterlichkeit.
Sie paßt auf dich auf. Sie wartet zu Haus.
Du weinst dich an ihren Brüsten aus …
Dein Herz sagt:
Mutter.

Das verwächst du. Nun bist du ein reifer Mann.
Dir wird etwas sanft im Gemüt.
Du möchtest, daß im Bett nebenan
eine fremde Jugend glüht.
    Dumm kann sie sein. Du willst: junges Tier,
    ein Reh, eine Wilde, ein Elixier.
        Dein Herz sagt:
            Erde.

Und dann bist du alt.
                        Und ist es soweit,
daß ihr an der Verdauung leidet –:
dann sitzt ihr auf einem Bänkchen zu zweit,
als Philemon und Baucis verkleidet.
    Sie sagt nichts. Du sagst nichts, denn ihr
        wißt,
    wie es im menschlichen Leben ist …
    Dein Herz, das so viele Frauen besang,
    dein Herz sagt: »Na Alte …?«
                    Dein Herz sagt: Dank.

Eine Frage und keine Antwort

Für M. G.

Der Tauber ruckt zur Taube,
der Herr Baubau liebt Frau Baubau;
es balzt auf grüner Laube
Frau Nachtigall im Abendblau.
Selbst die dicken fetten Kröten
krampfen sich in Liebesnöten –
Amor läßt sie nicht in Ruh –
Ja, wozu?
                wozu?
                        wozu? –

Der Mensch, dies Lebewesen
(wies scheint, vom lieben Gott gemacht),
macht nicht viel Federlesen
und küßt fast jede liebe Nacht.
Selbst Klein-Peter wird recht eitel,
bügelt sorgsam sich den Scheitel,
zwängt sich in die lacknen Schuh –
Ja, wozu?
                wozu?
                        wozu? –

Wir sind doch Marionetten,
das Blut, es schreit, wir beugen uns
in goldene Liebesketten
bei Fräulein Hinz und Fräulein Kunz.
Warum denk ich nur das eine:
liebe, hohe, schlanke Beine –
warum fühl ich immer: Du …
Ja, wozu?
                    wozu?
                              wozu?

Auf ein Frollein

Gott Amor zieht die Pfeile aus dem Köcher,
er schießt. Ich bleib betroffen stehn.
Und du machst so verliebte Nasenlöcher …
Da muß ich wohl zum Angriff übergehen.

»Gestatten Sie …!« Du kokettierst verständig.
Dein Auge prüft den dicken Knaben stumm.
Der ganze Kino wird in dir lebendig,
du wackelst vorn und wackelst hinten rum.

In deinem Blick sind alle Bumskapellen
der Sonnabendabende, wo was geschieht.
Ich hör dich Butterbrot zum Aal bestellen –
Gott segne deinen lieben Appetit!

Ich führ dich durch Theater und Lokale,
durch Paradiese in der Liebe Land;
du gibst im Auto mir mit einem Male
die manikürte, kleine, dicke Hand.

Aus weiten Hosen seh ich dich entblättern,
halb keusche Jungfrau noch und halb Madame.
Ich laß dich sachte auf die Walstatt klettern …
Du liebst gediegen, fest und preußisch-stramm.

Und hinterher bereden wir im Dunkeln
die kleinen Kümmernisse vom Büro.
Durch Jalousien die Bogenlampen funkeln …
Du mußt nach Haus. Das ist nun einmal so.

Ich weiß. Ich weiß. Schon will ich weiter-
schieben –.
Ich weiß, wie die berliner Venus labt.
Und doch: noch einmal laß mich lieben
dich
wie gehabt.

In der Kahlbaum-Diele

In der Nacht, wenns uns Vergnügen macht,
und wenn der Mond, der alte Bummler, runter-
lacht,
ziehn wir los mit einer Menge Moos
und wissen ganz genau, die Stimmung wird
famos.
In der Nacht, wenn jede Jazzband kracht,
und wenn die heiße Liebe brennt, die wir
entfacht.
Na gehn wir mal mit mächtigem Skandal
von einem in das andre Nachtlokal.

In der Kahlbaum-Diele hab ich sie gefragt,
ob ich ihr gefiele, hat sie Nein gesagt.
Doch ich wußte gleich weiter und gab ihr zwei
Drinks
mit 'nem kleinen Hm-ta-ta, Hm-ta-ta,
Hm-ta-ta,
und da sagte sie gleich Ja, und wupp – dann
gings.

In Berlin, wo nachts die Autos ziehn,
da blühen überall Vergnügungsindustrien.
Der Asphalt von unsern Schritten hallt,
wir sind noch jung, wir sind noch jung und noch
nicht alt!
Denn Berlin, das ist nicht zu erziehn,
da hörst du jede Nacht die neuen Melodien.
Na gehn wir mal mit mächtigem Skandal
von einem in das andre Nachtlokal.

In der Kahlbaum-Diele hab ich sie gefragt,
ob ich ihr gefiele, hat sie Nein gesagt.
Doch ich wußte gleich weiter und gab ihr zwei
Drinks
mit 'nem kleinen Hm-ta-ta, Hm-ta-ta,
Hm-ta-ta,
und da sagte sie gleich Ja, und wupp – dann
gings.

An die Berlinerin

Mädchen, kein Casanova
    hätte dir je imponiert.
    Glaubst du vielleicht, was ein doofer
Schwärmer von dir phantasiert?
Sänge mit wogenden Nüstern
Romeo, liebesbesiegt,
würdest du leise flüstern:
»Woll mit die Pauke jepiekt –?«
Willst du romantische Feste,
gehst du beis Kino hin …
    Du bist doch Mutterns Beste,
    du, die Berlinerin –!

Venus der Spree – wie so fleißig
liebst du, wie pünktlich dabei!
Zieren bis zwölf Uhr dreißig,
Küssen bis nachts um zwei.
Alles erledigst du fachlich,
bleibst noch im Liebesschwur
ordentlich, sauber und sachlich:
Lebende Registratur!
Wie dich sein Arm auch preßte:

gibst dich nur her und nicht hin.
    Bist ja doch Mutterns Beste,
    du, die Berlinerin –!

Wochentags führst du ja gerne
Nadel und Lineal.
Sonntags leuchten die Sterne
preußisch-sentimental.
Denkst du der Maulwurfstola,
die dir dein Freund spendiert?
Leuchtendes Vorbild der Pola!
Wackle wie sie geziert.
Älter wirst du. Die Reste
gehn mit den Jahren dahin.
Laß die mondäne Geste!
    Bist ja doch Mutterns Beste,
    du süße Berlinerin –!

Berliner Liebe

Steht dir der Sinn nach Liebe in den Orten
Westend bis Köpenick:
dann senk den Blick
und unterscheide im Objekte die drei Sorten:

Da gibt es Frauen mit den Scheitelhaaren,
gepunztes Silber auf dem falschen Busen,
teils im Reformkleid, teils in Eigenblusen,
die einmal – ach, wie weit! – fast reinlich waren
(jetzt dunkelweiß).
Bei Sturm und Regen
gehn diese gern durch Wald und Flur allein,
das Lodenhütchen keck auf einem Ohre,
und sprechen mit sich selbst und mit Tagore …
Soll die es sein – ?
Sie sagen Feuilletons, eh man sie legt.
Sie sind sehr edel.
Aber nicht gepflegt.

Da gibt es solche, unten rum aus Seide,
im samtnen Mantel mit dem Waschbärkragen –
nach ihren Eltern mußt du sie nicht fragen.

Sie ist euch treu – und so liebt ihr drei beide.
Groß ausgehn nennt der Fachmann dein Getue.
Führ sie ins Kino, ins Theater ein!
Sie tanzt den neusten Schritt, kennt alle Paare,
hat jeden Monat frisch gefärbte Haare...
Soll die es sein –?
Sie spricht nicht viel.
Doch was sie spricht, ist Kitt.
Und sie nimmt alle süßen Ecken mit.

Willst du die Jüngerin Thaliens küren?
Sie offenbart, wenn sie mit dir im Bund ist,
was ihr Direktor für ein Schweinehund ist:
er wollt sie alle in Versuchung führen –
Das tät sie nie. (Fast nie.)
Es rinnt die Rede:
Von Proben, Premerieen, Klatscherein –
sie meistere Spiel und Sprache wie nur wenige,
sie spiele Olala und Iphigenie...
Soll die es sein –?
Beim Papa Rickelt! Süß in allen Phasen:
Sie liebt.
Und bringt dich zeitig untern Rasen.

So geh, du Liebeswanderer, von Haus zu Haus.
Berlin ist groß.
Nun such dir eine aus!

Mit einem Schächtelchen

Das ist das tiefste Wesen aller Frauen:
sich in das eigene Bildnis zu versenken,
sich spiegelnd zu genießen und zu denken:
Ich bin, ich wirke, und ich darf mir trauen –

Ich will dir einen kleinen Spiegel schenken.
Du sollst dich rasch-kokett darin beschauen;
wie prüft so schnell ein Blick aus deinen blauen
und lustigen Augen (die den Durstigen tränken)!

Du bist es anders, aber noch einmal.
Dich grüßt dein Bild – ganz kann es dir nicht
gleichen –
wo rechts ist, ist dort links – und doch der Strahl
der so geliebten Linien, Züge, Zeichen ...
Du Bildnis meiner selbst, du sollst nicht
weichen:
Denn du bist ich, nur anders, noch einmal. –

Frauen von Freunden

Frauen von Freunden zerstören die
Freundschaft.
Schüchtern erst besetzen sie einen Teil des
Freundes,
nisten sich in ihm ein,
warten,
beobachten,
und nehmen scheinbar teil am Freundesbund.

Dies Stück des Freundes hat uns nie gehört –
wir merken nichts.
Aber bald ändert sich das:
Sie nehmen einen Hausflügel nach dem andern,
dringen tiefer ein,
haben bald den ganzen Freund.

Der ist verändert; es ist, als schäme er sich seiner
Freundschaft.
So, wie er sich früher der Liebe vor uns
geschämt hat,
schämt er sich jetzt der Freundschaft vor ihr.

Er gehört uns nicht mehr.
Sie steht nicht zwischen uns – sie hat ihn weggezogen.

Er ist nicht mehr unser Freund:
er ist ihr Mann.

Eine leise Verletzlichkeit bleibt übrig.
Traurig blicken wir ihm nach.

Die im Bett behält immer recht.

Nichts anzuziehen –!

Ich steh schon eine halbe Stunde lang
vor diesem gefüllten Kleiderschrank.
Was ziehe ich heute nachmittag an – ?

Jedes Kleid erinnert mich …
also jedes erinnert mich an einen Mann.

In diesem Sportkostüm ritt ich den Pony.
In diesem braunen küßte mich Jonny.
Das da hab ich an dem Abend getragen,
da kriegte Erich den Doktor am Kragen,
wegen frech …
Hier goß mir seinerzeit
der Assessor die Soße übers Kleid
und bewies mir hinterher klar und kalt
nach BGB sei das höhre Gewalt.
Tolpatsch.

In dem … also das will ich vergessen …
da hab ich mit Joe im Auto gesessen –
und so. Und in dem hat mir Fritz einen Antrag
gemacht,

und ich habe ihn – leider – ausgelacht.
Dieses hier will ich überhaupt nicht mehr sehn:
in dem mußt ich zu dieser dummen Premiere
gehn.
Und das hier ...? Hängt das noch immer im
Schranke ...?
Sekt macht keine Flecke –? Na, ich danke –!
Und den Mantel – ich will das nicht mehr
wissen –
haben sie mir beim Sechstagerennen zerrissen!

Ich steh schon eine halbe Stunde lang
vor diesem gefüllten Kleiderschrank:
das nackteste Mädchen in ganz Berlin.

Wie man sieht:
Ich habe nichts anzuziehn –!

Wahre Liebe

Wenn ich so müd nach Hause komm,
zerredet und zerschrieben:
dann sitzt du da, so lieb und fromm.
Man muß, man muß dich lieben!
  Die Nacht gleich einem Feste ist.
  Ich weiß, daß du die Beste bist.
  Und warum ist das? Nämlich:
    Du bist so himmlisch dämlich.

Du hast es gut.
            Du ahnst es nicht,
was Stalin jüngst gesprochen;
weißt nichts vom leipziger Reichsgericht
und nichts von Kunstepochen.
  Du hältst einen Puff für ein Hotel
  und Bronnen für einen lauteren Quell …
  Ich liebe dich. Weil … nämlich …
    Du bist so himmlisch dämlich!

Mein blondes Glück! Von Zeit zu Zeit
tu ich ein bißchen fremd gehn.
Die andern Frauen sind so gescheit
und lassen das noch im Hemd sehn.
    Dann kehr ich reuig zu dir zurück
    und genieße tief atmend das reine Glück …
    Dumm liebt zweimal.
                                        Nämlich:
    Du bist so himmlisch dämlich –!

An ihr

Auf deinen großen Füßen, Ernestine,
Führ ich dich auf den neuen Presseball.
Du trägst Chiffon. Und deine Fragemiene
Ist überall.

»Der Legionsrat?« – Ja, mein Kind, das ist er!
»Du, der da? mit dem goldenen
Knopflochdings?
Und, Theo, wo – wo tanzt der Herr Minister?«
Von rechts nach links.

»Und, Theo, ist die Presse auch am Platze?«
Ja, Kind – der Handelsteil steht am Balkon.
Da die Kritik – und der da, mit der Glatze –
Das ist das Feuilleton!

»Und, Theo, kommt der Film auch in den Saal
hin?
Auf Conny Veidt bin ich ganz scharf und toll!«
Pst! Nicht so laut! Da steht doch die Gemahlin:
Die Gussy Holl!

So muß ich dich belehren, liebste Perle.
Und voller Neugier siehst du manch Gesicht.
Ach, Ernestine – du liebst lauter fremde Kerle –
Nur Tigern nicht.

VI

Liebe kostet manche Überwindung
Männer sind eine komische Erfindung

Die Frau spricht

1. Die geschiedene Frau

Ja … da wär nun also wieder einer …
das ist komisch!
Vor fünf Jahren, da war meiner;
dann war eine ganze Weile keiner …
Und jetzt geht ein Mann in meiner Wohnung
um,
findet manches, was ich sage, dumm;
lobt und tadelt, spricht vom Daseinszwecke
und macht auf das Tischtuch Kaffeeflecke –
Ist das alles nötig –?

Ja … er sorgt. Und liebt. Und ists ein trüber
Morgen, reich ich meine Hand hinüber …
Das ist komisch:
Männer … so in allen ihren Posen …
Und frühmorgens, in den Unterhosen …
Plötzlich wohnt da einer auch in meiner
Seele.
Quält mich; liebt mich; will, daß ich ihn
quäle;

dreht mein Leben anders, lastet, läßt mich
fliegen –
siegt, und weil ich klug bin, laß ich mich
besiegen …
Habe ich das nötig –?

Ich war ausgeglichen. Bleiben wir allein,
… komisch …
sind wir stolz. So sollt es immer sein!
Flackerts aber, knistern kleine Flammen,
fällt das alles jäh in sich zusammen.
Er braucht uns. Und wir, wir brauchen ihn.
Liebe ist: Erfüllung, Last und Medizin.
Denn ein Mann ist Mann und Gott und
Kind,
weil wir so sehr Hälfte sind.
Aber das ist schließlich überall:
der erste Mann ist stets ein Unglücksfall.
Die wahre Erkenntnis liegt unbestritten
etwa zwischen dem zweiten und dem
dritten.

Dann weißt du. Vom Wissen wird man nicht
satt,
aber notdürftig zufrieden, mit dem, was man
hat,
Amen.

2. Eine Frau denkt

Mein Mann schläft immer gleich ein ... oder er
raucht seine Zeitung und liest seine Zigarre
... Ich bin so nervös ... und während ich an die
Decke starre, denke ich mir mein Teil.
Man gibt ihnen so viel, wenigstens zu Beginn.
Sie sind es nicht wert.
Sie glauben immer, man müsse hochgeehrt
sein, weil man sie liebt.
Ob es das wohl gibt:
ein Mann, der so nett bleibt, so aufmerksam
wie am ersten Tag, wo er einen nahm ...?
Einer der Freund ist und Mann und Liebhaber,
der uns mal neckt,
mal bevatert, der immer neu ist, vor dem man
Respekt
hat und der einen liebt ... liebt ... liebt ...
ob es das gibt?

Manchmal denke ich: ja.
Dann sehe ich: nein.
Man fällt immer wieder auf sie herein.
Und ich frage mich bloß, wo diese Kerls ihre
Nerven haben.
Wahrscheinlich ... na ja. Die diesbezüglichen
Gaben

sind wohl ungleich verteilt. So richtig verstehen
sie uns nie.
Weil sie faul sind, murmeln sie was von
Hysterie.
Ist aber keine. Und wollen wir Zärtlichkeit,
dann haben die Herren meist keine Zeit.
Sie spielen: Symphonie mit dem Paukenschlag.
Unsere Liebe aber verzittert, das ist nicht ihr
Geschmack.
Hop-hop-hop – wie an der Börse. Sie sind
eigentlich nie mehr als erotische Statisterie.
Die Hauptrolle spielen wir. Wir singen allein
Duett,
leer in der Seele, bei sonst gut besuchtem Bett.

Mein Mann schläft immer gleich ein, oder er
dreht sich um und raucht seine Zigarre.
Warum ? Weil …
Und während ich an die Decke starre,
denke ich mir mein Teil.

3. Die Nachfolgerin

Ich hab meinen ersten Mann gesehn –
der ging mit einer!

Hütchen, Rock und Bluse (Indanthren)
und zwei Kopf kleiner!
Sie muß ihn wohl ins Büro begleiten …
Über den Geschmack ist nicht zu streiten.
Na, herzlichen Glückwunsch!

Sein Gehirn ist bei der Liebeswahl
ganz verkleistert;
wenn er siegt, dann ist er allemal
schwer begeistert.
Ob Languettenhemd, ob teure Seiden –
seinetwegen kann man sich in Säcke
kleiden …
Na, herzlichen Glückwunsch!

Frau ist Frau. Wie glücklich ist der Mann,
dem das gleich ist!
Und für so was zieht man sich nun an!
Als ob man reich ist!
Das heißt: für ihn …?
Wir ziehen unsre Augenbrauen
für und gegen alle andern Frauen.
Immerhin erwart ich, daß ers merken kann;
ich will fühlen, daß ich reizvoll bin.
Dreifach spiegeln will ich mich: im Glas, im
Neid, im Mann.
Und der guckt gar nicht hin.

Liebe kostet manche Überwindung …
Männer sind eine komische Erfindung.

4. Lamento

Der deutsche Mann
Mann
Mann –
das ist der unverstandene Mann.
Er hat ein Geschäft, und er hat eine Pflicht.
Er hat einen Sitz im Oberamtsgericht.
Er hat auch eine Frau – das weiß er aber nicht.
Er sagt: »Mein liebes Kind …« und ist sonst ganz vergnügt –
Er ist ein Mann. Und das
genügt.

Der deutsche Mann
Mann
Mann –
das ist der unverstandene Mann.
Die Frau versteht ja doch nichts, von dem, was ihn quält.
Die Frau ist dazu da, daß sie die Kragen zählt.

Die Frau ist daran schuld, wenn ihm ein
Hemdknopf fehlt.
Und kommt es einmal vor, daß er die
Frau betrügt:
Er ist ein Mann. Und das
genügt.

Der deutsche Mann
Mann
Mann –
das ist der unverstandene Mann.
Er gibt sich nicht viel Mühe, wenn er die
Frau umgirrt.
Und kriegt er nicht die eine, kommt die
andere
angeschwirrt.
Daher der deutsche Mann denn stets befrie-
digt wird.
Hauptsache ist, daß sie bequem und sich
gehorsam fügt.
Denn er ist Mann. Und das
genügt.
Der deutsche Mann
Mann
Mann –
das ist der unverstandene Mann.

Er flirtet nicht mit seiner Frau. Er kauft ihr
doch den Hut!
Sie sieht ihn von der Seite an, wenn er so
schnarchend ruht.
Ein kleines bißchen Zärtlichkeit – und alles
wäre gut.
Er ist ein Beamter der Liebe. Er läßt sich
gehn.
Er hat sie doch geheiratet – was soll jetzt
noch geschehn?
Der Mensch, der soll nicht scheiden, was
Gott zusammenfügt.
Er ist ein Mann. Und das
genügt.

Die Pächter

Frauen sind eitel? I bewahre.
Das ist nichts gegen männliche Exemplare.

Einer versteht was von Pferderennen.
Einer kann Falsifikate erkennen
in Briefmarken … Einer ist Tourist.
Einer weiß, was Romantik ist.
Einer ist mal in Japan gewesen.
Einer kann fließend Kontrapunkt lesen.
Einer reist in Amerika.
Einer brilliert in Algebra.
Einer macht in Illustrationen.
Einer weiß, wie die Sowjets wohnen.
Einer bearbeitet alles von Liszt,
und einer ist Original-Pazifist.

Und jeder hat, was er treibt und betrachtet,
ein für alle Mal gepachtet.
Was er da tut, ist tabu und immun –
und das darf nie wieder ein andrer tun.
Amerika, Gleitflug, Berlin und Franzosen –
besetzt! Die Falsifikats-Diagnosen –

besetzt! Die Sowjets, Fotografien –
besetzt! Es geht ja nicht ohne IHN!
Das ist für deinen Lebenslauf
besetzt. Es sitzt nämlich schon einer drauf.
Paris, Japan, das Rhône-Tal:
Erledigt. Ein für alle Mal.

Du hast nur um Entschuldigung zu stammeln.
Und es bleibt dir nichts übrig, als Menschen zu
sammeln.

Confessio

Wir Männer aus Berlin und Neukölln,
wir wissen leider nicht, was wir wölln.
Mal …

Mal konzentrieren wir uns auf die eine,
spielen mit ihr: die oder keine,
legen uns fest, ohne Bedenken,
wollen auch einem Söhnlein das Leben
schenken,
verlegen den Sitz der Seele, als Gatte,
oberhalb des Tisches Platte –
Und sind überhaupt sehr monogam.

Wie das so kam …

Da lockten die andern. Ihrer sind viele.
Sie lockten zu kindlichem Zimmerspiele
– Bewegung lächerlich, Preis bedeutend –
Immer nur eine Glocke läutend?
Immer an eine Frau gebunden?
So sollen uns alle Lebensstunden
verrinnen? Ohne boshafte Feste?

Liegt nicht draußen das Allerbeste?
Mädchen? Freiheit? Frauen nach Wahl – ?

Gesagt, getan.

Mal …

Mal trudeln wir durch bläuliche Stunden,
tun scheinbar an fröhlichem Wechsel gesunden;
können es manchmal gar nicht fassen,
welch feine Damen bei uns arbeiten lassen.
Und jede Seele, die eine hatte,
liegt unterhalb des Tisches Platte.
Und sind überhaupt sehr polygam.

Wie das so kam …

So herumwirtschaften? Lebenslänglich?
Plötzlich werden wir recht bedenklich.
Sehnen uns beinah fiebrig zurück
nach Einsamkeit und Familienglück.
Und fangen als ein ganzer Mann
die Geschichte wieder von vorne an.

Wir Männer aus Berlin und Neukölln,
wir wissen leider nicht, was wir wölln.
Wir piesacken uns und unsre Fraun;
uns sollten sie mal den Hintern aushaun.

Bileams Esel, ich und du.
Gott schenke uns allen die ewige Ruh.
Amen.

Zwei Seelen

Ich, Herr Tiger, bestehe zu meinem Heil
aus einem Oberteil und einem Unterteil.

Das Oberteil fühlt seine bescheidene Kleinheit,
ihm ist nur wohl in völliger Reinheit;
es ist tapfer, wahr, anständig und
bis in seine tiefsten Tiefen klar und gesund.
Das Oberteil ist auch durchaus befugt,
Ratschläge zu erteilen
und die Verbrechen von andern Oberteilen
zu geißeln – es darf sich über die Menschen
lustig machen,
und wenn andre den Naseninhalt hochziehn,
darf es lachen.

Soweit das.
Aber, Dunnerkeil,
das Unterteil!
Feige, unentschlossen, heuchlerisch, wollüstig
und verlogen;
zu den pfinstersten Pfreuden des Pfleisches fühlt
es sich hingezogen –

dabei dumpf, kalt, zwergig, ein greuliches
pessimistisches Ding: etwas ganz und gar
Abscheuliches.
Nun wäre aber auch einer denkbar – sehr
bemerkenswert –,
der umgekehrt.

Der in seinen untern Teilen nichts zu scheuen
hätte,
keinen seiner diesbezüglichen Schritte zu bereuen
hätte –
ein sauberes Triebwesen, ein ganzer Mann und
bis in seine tiefsten Tiefen klar und gesund.

Und es wäre zu denken, daß er am gleichen
Skelette
eine Seele mit Maukbeene hätte.

Was er nur andenkt, wird faulig-verschmiert;
sein Verstand läuft nie offen, sondern stets
maskiert;
sogar wenn er lügt, lügt er; glaubt sich nichts,
redet sichs aber ein –
und ist oben herum überhaupt ein Schwein.

Vor solchem Menschen müssen ja alle, die ihn
begucken,

vor Ekel mitten in die nächste Gosse spucken!
Da striche auch ich mein doppelkollriges Kinn
und betete ergriffen: »Ich danke dir, Gott, daß
ich bin, wie ich bin!«

Was aber Menschen aus einem Gusse betrifft in
der schönsten der Welten –:
der Fall ist äußerst selten.

Die arme Frau

Mein Mann? mein dicker Mann, der Dichter?
Du lieber Gott, da seid mir still!
Ein Don Juan? Ein braver, schlichter
Bourgeois – wie Gott ihn haben will.

Da steht in seinen schmalen Büchern,
wieviele Frauen er geküßt;
von seidenen Haaren, seidenen Tüchern,
Begehren, Kitzel, Brunst, Gelüst …

Liebwerte Schwestern, laßt die Briefe,
den anonymen Veilchenstrauß!
Es könnt ihn stören, wenn er schliefe.
Denn meist ruht sich der Dicke aus.

Und faul und fett und so gefräßig
ist er und immer indigniert.
Und dabei gluckert er unmäßig
vom Rotwein, den er temperiert.

Ich sah euch wilder und erpichter
von Tag zu Tag – ach! laßt das sein!
Mein Mann? mein dicker Mann, der Dichter?
In Büchern: ja.
Im Leben: nein.

Löwenliebe

Als jener junge Schopenhauer
am Löwenkäfig in Berlin
der gelben Bestien Wollustschauer
sah stumm an sich vorüberziehn –

da schrieb er auf in seinem Büchlein:
»Der Löwe liebt nicht vehement.
Von Leidenschaft auch nicht ein Rüchlein;
der schwächste Mann scheint mehr potent.«

Der Wille macht noch kein Gewitter.
Gehirn! Gehirn gehört dazu.
Der muskelstarke Eisenritter
gibt bald im Frauenschoße Ruh.

Du liebst. Und heller noch und wacher
fühlt dein Gehirn und denkt dein Herz.
Der Phallus ist ein Lustentfacher –
du stehst und schwingst dich höhenwärts.

Du liebst. Wo andre dumpf versinken,
bist du erst tausendfältig da.
Laß mich aus tausend Quellen trinken,
du Venus Reflectoria –!

Berauscht – ach, daß ichs stets so bliebe!
Getönt, bewußt, erhöht, gestuft –
Das ist die wahre Löwenliebe.
Du Raubtierfrau!
Es ruft. Es ruft.

Sie, zu ihm

Ich hab dir alles hingegeben:
mich, meine Seele, Zeit und Geld.
    Du bist ein Mann – du bist mein Leben,
    du meine kleine Unterwelt.
        Doch habe ich mein Glück gefunden,
        seh ich dir manchmal ins Gesicht:
        Ich kenn dich in so vielen Stunden –
        nein, zärtlich bist du nicht.

Du küßt recht gut. Auf manche Weise
zeigst du mir, was das ist: Genuß.
Du hörst gern Klatsch. Du sagst mir leise,
wann ich die Lippen nachziehn muß.
    Du bleibst sogar vor andern Frauen
    in gut gespieltem Gleichgewicht;
    man kann dir manchmal sogar trauen …
    aber zärtlich bist du nicht.

O wärst du zärtlich!
                    Meinetwegen
kannst du sogar gefühlvoll sein.
Mensch, wie ein warmer Frühlingsregen

so hüllte Zärtlichkeit mich ein!
Wärst du der Weiche von uns beiden,
wärst du der Dumme. Bube sticht.
Denn wer mehr liebt, der muß mehr leiden.
Nein, zärtlich bist du nicht.

Der andre Mann

Du lernst ihn in einer Gesellschaft kennen.
Er plaudert. Er ist zu dir nett.
Er kann dir alle Tenniscracks nennen.
Er sieht gut aus. Ohne Fett.
    Er tanzt ausgezeichnet. Du siehst ihn dir
        an …
    Dann tritt zu euch beiden dein Mann.

Und du vergleichst sie in deinem Gemüte.
Dein Mann kommt nicht gut dabei weg.
Wie er schon dasteht – du liebe Güte!
Und hinten am Hals der Speck!
    Und du denkst bei dir so: »Eigentlich …
    Der da wäre ein Mann für mich!«

Ach, gnädige Frau! Hör auf einen wahren
und guten alten Papa!
Hättest du den Neuen: in ein, zwei Jahren
ständest du ebenso da!
    Dann kennst du seine Nuancen beim Kosen;
    dann kennst du ihn in Unterhosen;
    dann wird er satt in deinem Besitze;

dann kennst du alle seine Witze.
Dann siehst du ihn in Freude und Zorn,
von oben und unten, von hinten und vorn ...
Glaub mir: wenn man uns näher kennt,
gibt sich das mit dem happy end.
Wir sind manchmal reizend, auf einer Feier ...
und den Rest des Tages ganz wie Herr Meyer.
Beurteil uns nie nach den besten Stunden.
Und hast du einen Kerl gefunden,
mit dem man einigermaßen auskommen kann:
dann bleib bei dem eigenen Mann!

VII

Einmal müssen zwei auseinandergehn;
einmal will einer den andern
nicht mehr verstehn – –

Herz mit einem Sprung

Im Gesicht und auch in Sachsen,
wo die Meise piepst,
laß ich den Bart mir wachsen,
weil du mich nicht mehr liebst.
    Susala und dusala –
weil du mich nicht mehr liebst.

Wir waren beide einsam;
auch ich als Woll-Agent.
Die Herzen waren gemeinsam,
die Kassen waren getrennt.
    Susala und dusala –
Da bin ich konsequent.

Du sagst, du wärst im Training
wohl für ein Fecht-Turnier.
Du aßest gar nicht wening
und hattst nie Geld bei dir …
    Susala und dusala –
Man ist ja Kavalier.

Du aßest frisch und munter
nicht ohne jeden Charme
die Karte rauf und runter,
die Küche kalt und warm.
    Susala und dusala –
dem Kellner schmerzt der Arm.

Ich fand das übertrieben
und sah dich zornig an.
Ein Mann will gratis lieben,
sonst ist er gar kein Mann!

Ich kann dich nicht vergessen.
Noch heut könnt ich dich maln.
Du hast zuviel gegessen …
Wer kann denn das bezahln!
    Susala und dusala –
Wer kann denn das bezahln!

Ums Kinn starrn mir die Stoppeln.
Mein Vollbart ist noch jung.
So fahr ich nun nach Oppeln
zu ner Versteigerung …
    Doch mein Herz,
    doch mein Herz
doch mein Herz
                    hat einen Sprung –!

Lied ans Grammophon

Nobody's fault but your own   Brunswick A 8284

Nun komm, du kleine Nähmaschine,
und näh mir leise einen vor.
Ich denke dann an Clementine,
du säuselst sanft mir in das Ohr.
    Und am Klavier ohn Unterlaß
    führt rhythmisch einer seinen Baß.

Sie war so lieb. Kocht ich im Grimme,
weil jemand mich geärgert hat,
dann sang sie mit der Oberstimme
und strich mir alle Falten glatt.
    Und am Klavier ohn Unterlaß
    führt rhythmisch einer seinen Baß.
            pom-pom

Still sah sie immer nach dem Rechten
und stellte alles so nett hin.
Am Tage kühl. Doch in den Nächten
zerschmolz die süße Schaffnerin.
            pom-pom

O spiele weiter!
Clementine
war ihrerseits aus Brandenburch.
Sie trog mich mit der Unschuldsmiene
und ging mit einem Dichter durch.

Bei dem ist sie bis heut geblieben.
Gewiß … der Mann hat keinen Bauch.
Und er hat alles klein geschrieben;
stefan george tut das auch;
und im klavier ohn unterlaß
führt rhythmisch einer seinen Baß.

Du spielst. Ich muß mich still besaufen.
Voll ist das Glas und wieder leer.
He! Holla! Du bist abgelaufen …
Die Nadel knirscht. Du singst nicht mehr.
In meinem Ohr ohn Unterlaß
rauscht rhythmisch unser Schicksalsbaß:
pom-pom

Malwine

Ich habe mich deinetwegen
gewaschen und rasiert.
Ich wollte mich zu dir legen
    mit einem Viertelchen,
    mit einem Achtelchen –
        Malwine!
Doch du hast dich geziert.

Der Kuckuck hat geschrien
auf deiner Schwarzwalduhr.
Ich lag vor deinen Knien:
    »Gib mir ein Viertelchen!
    Gib mir ein Achtelchen!
        Malwine!
Ein kleines Stückchen nur!«

Der Bräutigam war prosaisch.
Demselben hat gefehlt,
dieweilen er mosaisch,
    ein kleines Viertelchen,
    ein kleines Achtelchen ...
das hätt dich sehr gequält!

Du hast mir nichts gegeben
und sahst mich prüfend an.
Das, was du brauchst im Leben,
    sei nicht ein Viertelchen,
    und nicht ein Achtelchen …
das sei ein ganzer Mann –!

Mich hat das tief betroffen.
Dein Blick hat mich gefragt …
Ich ließ die Frage offen
und habe nichts gesagt.
    Daß wir uns nicht besaßen!
So aalglatt war mein Kinn.
Nun irr ich durch die Straßen …
        Malwine –!
    und weine vor mich hin.

Ideal und Wirklichkeit

In stiller Nacht und monogamen Betten
denkst du dir aus, was dir am Leben fehlt.
Die Nerven knistern. Wenn wir das doch hätten,
was uns, weil es nicht da ist, leise quält.
  Du präparierst dir im Gedankengange
  das, was du willst – und nachher kriegst dus
    nie …
  Man möchte immer eine große Lange,
  und dann bekommt man eine kleine Dicke –
    C'est la vie –!

Sie muß sich wie in einem Kugellager
in ihren Hüften biegen, groß und blond.
Ein Pfund zu wenig – und sie wäre mager,
wer je in diesen Haaren sich gesonnt …
  Nachher erliegst du dem verfluchten Hange,
  der Eile und der Phantasie.
  Man möchte immer eine große Lange,
  und dann bekommt man eine kleine Dicke –
    Ssälawih –!

Man möchte eine helle Pfeife kaufen
und kauft die dunkle – andere sind nicht da.
Man möchte jeden Morgen dauerlaufen
und tut es nicht. Beinah … beinah …
  Wir dachten unter kaiserlichem Zwange
  an eine Republik … und nun ists die!
  Man möchte immer eine große Lange,
  und dann bekommt man eine kleine Dicke –
    Ssälawih –!

Ballade

Da sprach der Landrat unter Stöhnen:
»Könnten Sie sich an meinen Körper
    gewöhnen?«
Und es sagte ihm Frau Kaludrigkeit:
»Vielleicht. Vielleicht.
                    Mit der Zeit … mit der Zeit …«
  Und der Landrat begann allnächtlich im
      Schlafe
  laut zu sprechen und wurde ihr Schklafe.
  Und er war ihr hörig und sah alle Zeit
  Frau Kaludrigkeit – Frau Kaludrigkeit!

Und obgleich der Landrat zum Zentrum gehörte,
wars eine Schande, wie daß er röhrte;
er schlich der Kaludrigkeit ums Haus …
Die hieß so – und sah ganz anders aus:
  Ihre Mutter hatte es einst in Brasilien
  mit einem Herrn der bessern Familien.
  Sie war ein Halbblut, ein Viertelblut:
  nußbraun, kreolisch; es stand ihr sehr gut.
  Und der Landrat balzte: Wann ist es soweit?
  Frau Kaludrigkeit – Frau Kaludrigkeit!

Und eines Abends im Monat September
war das Halbblut müde von seinem Gebember
und zog sich aus. Und sagte: »Ich bin …«
und legte sich herrlich nußbraun hin.
  Der Landrat dachte, ihn träfe der Schlag!
  Unvorbereitet traf ihn der Tag.
  Nie hätt er gehofft, es noch zu erreichen.
  Und er ging hin und tat desgleichen.

Pause

Sie lag auf den Armen und atmete kaum.
Ihr Pyjama flammte, ein bunter Traum.
Er glaubte, ihren Herzschlag zu spüren.
Er wagte sie nicht mehr zu berühren …
  Er sann, der Landrat. Was war das, soeben?
  Sie hatte ihm alles und nichts gegeben.
  Und obgleich der Landrat vom Zentrum war,
  wurde ihm plötzlich eines klar:
  Er war nicht der Mann für dieses Wesen.
  Sie war ein Buch. Er konnt es nicht lesen.
  Was dann zwischen Liebenden vor sich geht,
  ist eine leere Formalität.

Und so lernte der Mann in Minutenfrist,
daß nicht jede Erfüllung Erfüllung ist.
Und belästigte nie mehr seit dieser Zeit
die schöne Frau Inez Kaludrigkeit.

Sauflied, ganz allein

Manchmal denke ich an dich,
das bekommt mich aber nich,
    denn am nächsten Tag bin ich so müde.
Du mein holdes Glasgespinst!
Ob du dich auf mich besinnst?
    Morgens warst du immer etwas prüde.
        Darum trink ich auf dein Wohl
        dieses Gläschen Alkohol!
        Braun und blond – rot und schwarz –
            Ihr sollt leben!

Deine Augen sind so blau
ganz genau wie bei der Frau
    Erna Margot Glyn-Kaliski.
Rheinwein ist nicht stark genug,
darum nehm ich einen Schluck
    von dem guten, gelben Whisky.
        Und ich trinke auf dein Wohl
        dieses Fläschchen Alikol –
        Braun und blond – Black and White ...
    Ihr sollt leben!

Tinte, Rotwein und Odol
sind drei Flüssigkeiten wohl –
davon kann der Mensch schon leben.
So schön kannst du gar nicht sein,
wie in meinen Träumerein –
so viel kannst du gar nicht geben.
Allerschönste Frauenzier,
ach, wie gut, daß du nicht hier!
Oh, wie gerne man doch küßt,
wenn die Frau woanders ist...!
Und darum trink ich auf dein Wohl!
Nun ade, mein Land Tirol!
Lebe wohl! Nur in den kleinen Räuschen
lebe wohl, kann die Frau uns nicht
enttäuschen!
Lebe wohl! Lebe wohl!
Lebe wohl, mein Land Tirol –!

Figurinen

Einmal war ich schon achtzig Jahr.
Einmal, in einem frühern Leben,
da hat sich dieses mit mir begeben
– und ich hatte ganz weißes Haar –:

Ich saß im Lehnstuhl, nett und beschaulich,
so kurz nach Tisch – mir war so verdaulich.
Blumen im Fenster. Im Käfig ein Matz –
auf dem Tisch eine Tasse mit Untersatz...
Und vor mir hielt ich auf meinen Knien
ein Album mit alten Fotografien.
Und ich machte ein Nickerchen...
Aus ihren Rahmen
stiegen alle vergessenen Damen.

Eine war schlank und klug und bescheiden.
Die mochte ich immer am liebsten leiden.
Sie roch die Menschen. Sie wußte immer,
betrat sie nur einmal ein fremdes Zimmer:
Die hat mit dem da – der ist stolz –

und die Frau ist falsch wie Galgenholz.
Sie erschien, wie im Nebel. Ich streckte die Hand
nach ihr – sie wich zurück und verschwand.
Und sie sprach, indes ich, wie verträumt,
ein Glück zerschlagen – ein Leben versäumt:
»Ich war die Nettste.«

Dann kam eine, ein dickes Paket,
wie es gar nicht in eine Corsage geht.
Wenn sie mir abends entgegenschwoll,
war das ganze Schlafzimmer voll.
Und sie trank zwischendurch –
wie ich das noch seh! –
immer Kaffee und Selter und Tee.
Und während in weichen Kissen sie kraucht,
hat das Schwergewicht mir entgegengehaucht:
»Ich war die Fettste.«

Dann hört ich im Halbschlaf einen Chor
von Stimmen. Und eine tauchte empor,
ein ganz junges Mädchen, weiß, ganz weich –
sie zögerte, näherte sich nicht gleich ...
Ich streckte nach ihr die Arme aus.
Sie stand vor einem Schifferhaus.
Und man hörte das Meer ...

Und sie sprach und sah mich dabei an –
und da weinte ich alter Mann –:
»Ich war die Letzte.«

Auf den Tod zu warten, ist so schwer…
Aber das ist schon lange her.

Aus!

Einmal müssen zwei auseinandergehn;
einmal will einer den andern nicht mehr
verstehn – –
einmal gabelt sich jeder Weg – und jeder geht
allein –
wer ist daran schuld?

Es gibt keine Schuld. Es gibt nur den Ablauf der
Zeit.
Solche Straßen schneiden sich in der
Unendlichkeit.
Jedes trägt den andern mit sich herum –
etwas bleibt immer zurück.

Einmal hat es euch zusammengespült,
ihr habt euch erhitzt, seid zusammenge-
schmolzen, und dann erkühlt –
Ihr wart euer Kind. Jede Hälfte sinkt nun
herab –:
ein neuer Mensch.

Jeder geht seinem kleinen Schicksal zu.
Leben ist Wandlung. Jedes Ich sucht ein Du.
Jeder sucht seine Zukunft. Und geht nun mit
    stockendem Fuß,
vorwärtsgerissen vom Willen, ohne Erklärung
    und ohne Gruß
        in ein fernes Land.

Nachwort von Jan Sidney

Er hat sie nüchtern beschrieben, schwärmerisch besungen, oft ironisiert – die Liebe. Persönlich, so scheint es, war Kurt Tucholsky für sie nicht geschaffen. Vielleicht sind uns seine Gedichte deshalb heute noch so nah, weil man den Menschen dahinter spürt, der aufgerieben war zwischen dem heißen Gefühl und der kalten Ernüchterung, zwischen »Ja –!« und »Nicht!«, wie zwei seiner Gedichttitel heißen.

Mit einer Liebesgeschichte debütierte Kurt Tucholsky als Schriftsteller. Ein dünnes Buch mit knapp 100 Seiten machte ihn 1912 schlagartig berühmt: *Rheinsberg. Ein Bilderbuch für Verliebte,* von dem der Autor später behauptete, ganze Generationen hätten danach »vom Blatt geliebt«. Aufschlußreich für Tucholskys Biographie ist die Widmung: »Unsern lieben Frauen M. W., K. F., C. P.«. M. W. stand für Mania, die Freundin Kurt Szafranskis, der *Rheinsberg* illustriert hatte, K. F. für Kurt Tucholskys damalige Verlobte Kitty Frankfurther. Wer war C. P.? Dahinter verbarg sich Else Weil, genannt Claire

Pimbusch, nach einer Figur aus Heinrich Manns Roman *Im Schlaraffenland*. Die verheiratete Medizinstudentin war neben der offiziellen Verlobten Tucholskys Liebhaberin. In ihrer Begleitung machte Tucholsky die Berliner Nächte unsicher, sie teilte mit der Heldin im Buch nicht nur den Vornamen, sondern sie war es auch, mit der Tucholsky im Sommer 1911 für einige Tage nach Rheinsberg fuhr. Und sie war es wiederum, die Tucholsky im Mai 1920 heiratete – nicht seine Verlobte. Doch dazwischen spielte noch eine andere Frau eine wichtige Rolle: Mary Gerold aus Riga … Aber alles der Reihe nach.

Wer war dieser Mann eigentlich, der seiner Verlobten einen Liebesroman widmet und, ziemlich ungalant, gleichzeitig auch ihrer Vorgängerin, mit der er weiterhin ein Verhältnis hat? Die Antwort ist naheliegend: Tucholsky war ein *homme à femmes* – hin und her gerissen zwischen dem Wunsch nach einer dauerhaften Beziehung und der erotischen Anziehungskraft des Unbekannten. Tucholsky liebte die Frauen – und die Frauen liebten ihn. Nur, welche Frau lieben? Im Gedicht *Mikrokosmos* bedauert er:

Daß man nicht alle haben kann –!
Wie gerne möcht ich Ernestinen

als Schemel ihrer Lüste dienen!
Und warum macht mir Magdalene,
wenn ich sie frage, eine Szene?
Von jener Lotte ganz zu schweigen –
ich tät mich ihr als Halbgott zeigen.
Doch bin ich schließlich 1 Stück Mann…
Daß man nicht alle haben kann –!

Doch Tucholsky liebte auch einfach die *idée de la femme.* Wie sonst hätte er ihre kleinen Fehler, ihre Gefühle und Gefühlslosigkeiten in Gedichten so gut beschreiben können? Wenn Tucholsky sich über die Frauen lustig macht, über die Qual der Wahl bei der Abendgarderobe *(Nichts anzuziehen –!)*, über ihre Prüderien, Unverfrorenheiten oder Eitelkeiten, klingt das wie ein Liebesgedicht. Aber Tucholsky teilte Seitenhiebe auch gegen das eigene Geschlecht aus: »Frauen sind eitel? I bewahre. / Das ist nichts gegen männliche Exemplare«. Oder: »Liebe kostet manche Überwindung / Männer sind eine komische Erfindung«.

Dem Erotomanen, der es mit der Treue nicht so genau nahm, waren Liebe und Erotik auch Anregung zum Schreiben, was, neben den vielen Gedichten, auch *Rheinsberg, Schloß Gripsholm* oder die Lottchen-Geschichten zeigen.

Wir brauchen alle etwas, das das Blut
rasch vorwärtstreibt –
es dichtet sich doch noch einmal so gut,
wenn man beweibt.

Ein Roman von Tucholsky hätte den Titel tragen sollen: *Eine geschiedene Frau.* Ob dieses Buch so unbeschwert geworden wäre wie sein Debüt? Bei aller Ironie, bei allen Flirts und sinnlichen Verwicklungen kennen wir Tucholsky auch als Liebenden, der an der Unmöglichkeit der Liebe und einer dauerhaften Beziehung verzweifelte. Die Biographien, etwa die von Michael Hepp, aber besonders seine Briefe an Mary und die *Q-Tagebücher* zeigen die Schattenseite dieses genialen Schriftstellers, den die »Sehnsucht nach der Sehnsucht« umtrieb. »Viel, fast alles auf der Welt war zu befriedigen, beinahe jede Sehnsucht war zu erfüllen – nur diese nicht. Was war, von oben betrachtet, ein Liebender? – Ein Narr (…) Glücklich sein, aber nie zufrieden. Das Feuer nicht auslöschen lassen, nie! (…) Es gibt keine tiefere Sehnsucht als diese: die Sehnsucht nach der Erfüllung. Sie kann nicht befriedigt werden …« So steht es bereits in *Rheinsberg.* Es ist eine erschütternde Beschreibung der persönlichen Tragödie Tucholskys, der zeitlebens die eine

Frau suchte, sie einmal fand und diesem Glück selbst im Weg stand. Begehren, Werben, Angst, Flucht – das sind die Konstanten des Liebenden Tucholsky, der nach der ›Erfüllung‹ regelmäßig Reißaus nahm, wenn Alltag oder Zusammenleben drohten. Dem *Kleinen Operettenlied* steht als Motto voran: »Mit ihm schlafen ja, aber keine Intimitäten«; es schließt mit den Zeilen:

Warum kommts, daß wir uns so verlieren
müssen?
Wer mehr liebt, der leidet noch und noch.
Und du siehst an mir vorbei, wenn wir uns
küssen,
und du hast Furcht. Und liebst ja doch...

Erst schenkst du dein schönes Bein,
und du sagst: »Mehr solls nicht sein!«
Und das Herz, das folgt dann hinterdrein...
Und ich rate dir vergebens, wenn du gibst:
Laß die Liebe aus dem Spiel, wenn du liebst!
Frau und Mann sind niemals frei.
Stets ist ein Gefühl dabei.
Und die Dummen sind gewöhnlich alle zwei!

In Tucholskys letztem Notizbuch, dem *Sudelbuch*, stehen zwei Einträge: »Lieben wollen –

aber nicht lieben können ...!« und »struggle for wife«. Die Frau, um die er so lange kämpfte, war Mary Gerold.

Er lernt die Tochter eines verarmten Buchhalters aus Riga 1917, während des Ersten Weltkriegs, in Alt-Autz kennen. Die Neunzehnjährige arbeitet im Artilleriestab, der zehn Jahre ältere Tucholsky verwaltet die Bibliothek der Fliegerschule und gründet eine Feld-Zeitung. Was als leichte Eroberung geplant ist, wird etwas ganz anderes. Denn Mary nimmt sich in acht vor dem vermeintlichen Frauenhelden, der seiner neuen Eroberung selbstverständlich verheimlicht, daß er verlobt ist und Affären mit anderen Frauen hat. Sie fühlt sich zu jung, zu naiv für diesen Mann voller Lebenserfahrung und Energie. Sie verliebt sich in ihn, will die Sache aber langsam angehen und stachelt Tucholsky damit nur um so mehr an. Der Don Juan, der zum ersten Mal auf Granit beißt, muß sich bald eingestehen, daß er sich in die intelligente Blondine mit der dunklen Stimme verliebt hat. Im dritten Brief an Mary schreibt Tucholsky, daß er glaubt, »einen Partner gefunden zu haben, der mitspielt. Der Nuancen empfindet. Der halbe, viertel Töne hört«. Ihn fasziniert die Mischung aus Zurückhaltung und Temperament, Weiblichkeit und Mädchenhaftigkeit. Tucholsky ist ein Macho, der Frauen nicht ernst nimmt und sie intellektuell den Männern als unterlegen betrachtet. Wahrscheinlich als größtes Kompliment anzusehen ist die Tatsache, daß Tucholsky Mary in Briefen mit »Er« anspricht und diese Angewohnheit bis zum letzten Brief vor seinem Selbstmord beibehält.

Gibst du dich keinem –? Bist du nur
blond und kühl?
Demütigt dich ein starkes, heißes Gefühl?
Wir sind allein. –

Die Liebe ist groß und stürmisch, die Probleme sind es auch. Ende April 1918 läßt sich Vizefeldwebel Tucholsky nach Rumänien versetzen. »Wir sind uns ja darüber einig, daß Liebesbriefe eine ziemlich törichte Einrichtung sind«, schreibt Tucholsky. Und schickt Mary trotzdem in zwei Jahren Hunderte von Briefen, die zu den schönsten Liebesbriefen der deutschen Literatur gehören. Nach dem Krieg soll geheiratet werden. Doch als es so weit ist, spielt Tucholsky Katz und Maus. Als Mary nach Kriegsende zu ihrer Mutter nach Riga zurückkehrt, will Tucholsky nicht, daß sie nach Berlin kommt: Er könne nicht für beide sorgen. Das ist eine Ausrede, denn zu dieser Zeit ist wieder Else Weil alias Claire seine ständige Kumpanin. Als Mary 1920 vor den Russen nach Berlin flieht und die beiden wieder zusammenfinden, scheint die Chemie nicht mehr zu stimmen. 1920 schreibt Tucholsky: »Es ist irgend etwas zwischen uns, was vielleicht wirklich in der völligen Verschiedenheit zweier Naturen begründet liegt. Du bist da kalt, wo ich glühe – und Du bist da entflammt – soweit Du das sein kannst –, wo ich eiskalt bin. Wohin soll das gehn?« In entgegengesetzte Richtungen: Mary bleibt zwar in Berlin, doch die beiden trennen sich. Zwei Monate später heiratet Tucholsky seine langjährige Freundin Else. »Statt Karten« annonciert das *Berliner Tageblatt*: »Dr. iur. Kurt Tucholsky / Dr. med. Else Weil-Tucholsky / Vermählte«. Eine Kurzschlußreaktion? Vielleicht, die Ehe hält jedenfalls nur vier Jahre, und so lange auch nur auf dem Papier. Denn schon einige Monate nach der Hochzeit schreibt Tucholsky wieder an Mary, schickt ihr Theaterkarten, Blumen und andere Geschenke, und nach und nach werden aus den kurzen Mitteilungen *billets doux,* zärtliche und schließlich glühende Liebesbriefe. Im Februar 1923 beteuert er: »Er hat mich ganz. Weiß Er das nicht? Begreift Er nicht diese wahnwitzige

Angst, es könne doch ...? (...) Mach Er Sein kleines Herz auf. Laß Er mich nicht so allein. Ich zittre um Ihn. Bei jedem Telefongespräch denke ich: Gehört sie dir –?« Am Ende steht das Bekenntnis: »So, wie ich noch nie eine Frau geliebt habe, Freundin, Kamerad, Frau, Mädchen und nah in der Nacht – so liebe ich Ihn. Er ist mir Alles. Will Er mir Alles sein –?« Im August 1923 vergleicht er Mary mit »einem Kartenspieler, der befürchtet, zu verlieren, aber alle Trümpfe in der Hand hat und sie nicht kennt. Ich habe bloß einen. Herz-As«. Tucholsky gewinnt die Partie: Kaum ist er im Februar 1924 geschieden, heiratet er Mary. Da ist er 34 Jahre alt und lebt als Korrespondent der *Weltbühne* und der *Vossischen Zeitung* in Paris.

Ein Happy-End? Ist die Ehe nicht doch zu süß? »Wenn Du die Süßigkeit eines ganzen Kuchens in ein Konfekt zusammenpreßt, so wird das Stück nicht sehr gut schmecken«, hatte Tucholsky eingesehen, als Mary sich über sein stürmisches Werben beklagt hatte. »Lieben: ja / Aber schlafen? Allein ...!« so der *Stoßseufzer einer Dame, in bewegter Nacht.* Wie im Gedicht, in dem eine Frau um den Schlaf (und die Decke) ringt, während ihr werter Gatte tief und fest schläft, sieht die Realität dieser zweiten Ehe wenig rosig aus. Die Hochzeitsreise fällt erstmal aus, weil Tucholsky schreiben muß. Nicht weil ihn Geldsorgen plagen, als einer der bestbezahlten Journalisten der Weimarer Republik verdient (und verschleudert) er Geld in großen Summen. Der Erotomane Tucholsky hat noch eine größere Leidenschaft: das Schreiben. Auch in Paris sitzt Tucholsky die meiste Zeit am Schreibtisch. Mary darf, statt an mondäne Empfänge, zur Post gehen, um die Manuskripte abzuschicken. Die Ehe hatte sie sich anders vorgestellt.

Wie Fritz J. Raddatz in seinem Essay *Tucholsky – Ein Pseudonym* schreibt: »Das junge Paar ist fast nie zusammen. Er in Paris, sie in Berlin – er in Berlin, sie in Paris; auf Wohnungssuche. Ist eine Wohung gefunden, wird eine neue gesucht – die eine ist zu laut, die andere zu teuer, die nächste zu klein, oder das Arbeitszimmer liegt zur Straße. Ist Tucholsky in Paris, reist Mary durch Italien, ist sie in Paris, geht er nach Dänemark, oder immer wieder zwischendurch nach Berlin; gewiß nicht allein«. Nur ein einziges Mal verreisen beide länger gemeinsam. Daraus entsteht *Ein Pyrenäenbuch,* in dem Mary nicht ein einziges Mal vorkommt. Natürlich kann Tucholsky auch nicht treu bleiben: »Mein blondes Glück! Von Zeit zu Zeit / tu ich ein bißchen fremd gehen«, beichtet er in einem Gedicht. Im *Sudelbuch* steht der Satz: »Er träumte sich von ihr fort (Ehe)«. Und zu einer neuen Frau hin. 1928 lernt Tucholsky Lisa Matthias kennen, die für die damalige Zeit sehr emanzipiert ist. Sie ist das Modell für das Lottchen in seinen berühmten Geschichten um die Berliner Type, die charmant und kokettierend die Männer um die Finger wickelt und sich von ihnen aushalten läßt. Aus einem Flirt wird eine Affäre und dann mehr. Und das ewige Spiel fängt von neuem an. Ist er bei der einen, vermißt er die andere. Bei Mary findet er die Kameradin, die Stütze, die ihm den lästigen Alltagskram abnimmt, bei der anderen die verwegene Abenteurerin, die Reisegefährtin. Es ist wie im *Lied fürs Grammophon:*

Wir sitzen mit unsern Gefühlen
meistens zwischen zwei Stühlen –
und was bleibt, ist des Herzens Ironie …

Ist die Ehe noch zu retten? Es gibt verzweifelte Versuche, einer davon ist Tucholskys vielleicht romantischstes Gedicht mit der bezeichnenden Zeile »Jetzt, wo du nicht bist, bist du ganz mein«.

Morgens, vom letzten Schlaf ein Stück,
nimm mich ein bißchen mit –
auf deinem Traumboot zu gleiten ist Glück –
Die Zeituhr geht ihren harten Schritt...
pick-pack...

»Sie schläft mit ihm« ist ein gutes Wort.
Im Schlaf fließt das Dunkle zusammen.
Zwei sind keins. Es knistern die kleinen
Flammen,
aber dein Atem fächelt sie fort.

Ich bin aus der Welt. Ich will nie wieder
in sie zurück –
jetzt, wo du nicht bist, bist du ganz mein.
Morgens, im letzten Schlummer ein Stück,
kann ich dein Gefährte sein.

Ende November 1928 erhält Tucholsky einen Abschiedsbrief von Mary: »Lieber Nungo, immer wieder setzt sich einer seit elf Jahren in den Zug und fährt fort, und immer wieder blutet es von neuem. Ist sein Beuteltier, ist der Pygmalion, hat erzeugt und reißt sich jetzt los – mit ungesäumten Ohren, geht fort auf zitternden Beinen und hat Angst vor dem Leben und vor den fremden Menschen und vor dem Alleinsein. Aber es war zu groß u. zu schön, als es anfing, um es häßlich enden zu lassen. Kommt, wenn braucht und ruft – ist der rote Faden. Seine Melo«. Es ist die definitive Trennung. Tucholsky ist am Boden zerstört, auch Lisa, das Lottchen, kann ihn in seinem Schmerz nicht aufrichten. Doch den Haushalt führen kann sie, und nun ist sie es, die Briefe und Manuskripte zur Post trägt.

Tucholsky braucht einen Tapetenwechsel, er fährt mit Lisa nach Schweden, um ein neues Domizil zu suchen. In Hindas findet er im Januar 1930 nicht nur eine Villa mit Blick auf einen See, sondern auch eine neue Gehilfin in der Fremde, Gertrude Meyer, die bald seine Geliebte wird und die stets fordernde Lisa ablöst.

Doch in Tucholskys letztem Lebensabschnitt steht eine andere Frau im Mittelpunkt: die Schweizerin Hedwig Müller, die er liebevoll Nuuna nennt. 1932 lernt er die zwei Jahre jüngere Ärztin in Locarno kennen: »Vielleicht hast Du alte Socken von mir mit Mondpulver gekocht und hast mir das zu trinken gegeben«, beschreibt er scherzhaft den Beginn ihrer Liaison. Zwar ziert heute eine Tafel ihr Wohnhaus an der Zürcher Florhofgasse mit der Inschrift: »In diesem Hause wohnte 1932/33 Kurt Tucholsky während seines Zürcher Exils«, doch die Beziehung ist meist eine Distanzbeziehung, eine Liebe in Briefen, wie schon mit Mary. Der große Unterschied ist, daß nicht Tucholsky der Werbende ist. Zwar werden immer wieder Heiratspläne geschmiedet, aber es liegt an Tucholsky, daß sich die Pläne zerschlagen. Er schreibt ihr Briefe wie: »... heute aber bin ich von lyrischer Melancholie umflort, will Dich heiraten und stecke überhaupt voller dummer Gedanken«, aber es bleiben nur Scherze. Wieder ist ihm die reale Frau zu real, wieder ist ihm das Träumen lieber.

Kann man es ihm verübeln? Die Realität wandelt sich gerade zum Alptraum: Nachdem Hitler im Januar 1933 die Macht in Deutschland übernimmt, werden Tucholskys Bücher verbrannt, seine Staatszugehörigkeit wird ihm aberkannt und sein in Deutschland verbliebenes Vermögen konfisziert. Außerdem wird er »wegen dringenden Verdachts des Landesverrats« steckbrieflich gesucht. Im Herbst 1933 kehrt Tucholsky nach Schweden zurück. Es ist ein Abschied in Raten von Nuuna – und vom Leben. Nur noch zwei Mal werden sich Tucholsky und Hedwig Müller wiedersehen, für zwei Wochen in Zürich und dann vier Wochen in Schweden. Die politische Lage, finanzielle und gesundheitliche Probleme lassen Tucholsky verzweifeln. Er hat »alles gründlich satt«, kränkelt, kann nicht mehr arbeiten und fühlt sich als »dahingegangener Schriftsteller«. Und er träumt weiter vom »blonden Gold« – von Mary. Um sie vor den Nationalsozialisten zu schützen, hatte er Anfang 1933 die Ehe mit ihr offiziell beendet. »Ich habe nur eine Frau in meinem Leben geliebt, und ich werde mir nie verzeihen, was ich ihr angetan habe«, notiert Tucholsky, kurz bevor er im Dezember 1935 Gift nimmt. In seinem Abschiedsbrief an Mary schreibt er: »Die letzten Nächte habe ich im Bett die Hand nach rechts ausgestreckt, da war keiner. (...) Wenn Liebe das ist, was einen ganz und gar umkehrt, was jede Faser verrückt, so kann man das hier und da empfinden. Wenn aber zur echten Liebe dazu kommen muß, daß sie *währt,* daß sie immer wieder kommt, immer und immer wieder –: dann hat er nur ein Mal in seinem Leben geliebt. Ihn.«

Einmal müssen zwei auseinandergehn;
Einmal will einer den andern nicht mehr
verstehen – –
Einmal gabelt sich jeder Weg – und jeder
geht allein –
wer ist daran schuld?

Es gibt keine Schuld. Es gibt nur den Ablauf
der Zeit.
Solche Straßen schneiden sich in der
Unendlichkeit.
Jeder trägt den andern mit sich herum –
Etwas bleibt immer zurück.

»Jeder trägt den andern mit sich herum«. Den Abschiedsbrief, den Mary ihm 1928 geschrieben hatte, trug Tucholsky bis zu seinem Tod in seiner Brieftasche mit sich.

Tucholsky und seine Mary, eine unmögliche Liebe, die auch lange nach ihrer Trennung nicht zu Ende war. Nicht einmal nach Tucholskys Tod. Nach dem Krieg kümmerte sich Mary Gerold jahrzehntelang vehement und leidenschaftlich um Andenken und Werk ihres einstigen Ehemannes. »Etwas bleibt immer zurück.« Unter anderem Kurt Tucholskys Liebesgedichte, in denen man fast am meisten über sein Leben erfährt, das so viele Rätsel birgt. »Dies ist, glaube ich, die Fundamentalregel alles Seins: ›Das Leben ist gar nicht so. Es ist ganz anders‹« – so wie die Liebe.

Alphabetisches Verzeichnis der Überschriften und Anfänge der Gedichte

Die Gedichttitel sind *kursiv* gesetzt, die Gedichtanfänge gerade.

Bitte beachten Sie auch die folgenden Seiten

Kurt Tucholsky im Diogenes Verlag

Schloß Gripsholm

Eine Sommergeschichte

Wir lagen auf der Wiese und baumelten mit der Seele. Der Himmel war weiß gefleckt; wenn man von der Sonne recht schön angebraten war, kam eine Wolke, ein leichter Wind lief daher, und es wurde ein wenig kühl. Ein Hund trottete über das Gras, dahinten. »Was ist das für einer?« fragte ich. »Das ist ein Bulldackel«, sagte die Prinzessin.

Sommer in Schweden – ›Daddy‹ und seine ›Prinzessin‹ verbringen unbeschwerte Ferientage auf Schloß Gripsholm. Doch die traute Zweisamkeit währt nicht lange: Erst taucht *sein* Freund Karlchen auf, dann *ihre* Freundin Billie. Und auch die übrige Außenwelt läßt sich nicht gänzlich ignorieren. – Ein Hauch von Melancholie und Vergänglichkeit schleicht sich in die sonst so vergnüglich, frivol und verspielt daherkommende Erzählung.

»Eine Liebesgeschichte … wie denken Sie sich das? In der heutigen Zeit Liebe? Lieben Sie? Wer liebt denn heute noch? Dann schon lieber eine kleine Sommergeschichte.« *Kurt Tucholsky*

Auch als Diogenes Hörbuch erschienen,
gelesen von Heike Makatsch

Rheinsberg

Ein Bilderbuch für Verliebte

Illustriert von Tatjana Hauptmann

Um dem hektischen Berlin zu entfliehen, reisen Claire und Wolfgang für drei ›leuchtende Tage‹ in das idyllische Rheinsberg. Sie necken, zanken, sie amüsieren und sie lieben sich – und das alles für damalige Verhältnisse unerhört offen.

In nie mehr erreichter Leichtigkeit schildert Tucholsky die zärtlichen Stunden der zwei Verliebten, die sich mit ihrer höchst amüsanten Liebessprache und in kleinen Gesten ihre eigene Welt schaffen.
Tatjana Hauptmanns bezaubernde Illustrationen fangen die Unbeschwertheit der Liebenden meisterhaft ein: Wolfgang mit Sommersprossen und Claire mit Matrosenkragen und beide vor allem ganz arg verliebt.

»Was in dem Buch da ist, das weiß ich schon. Eine bessere Zeit, und meine ganze Jugend.«
Kurt Tucholsky

»Tucholsky schrieb gemütvoll und schnoddrig in einem. Er ist der Erfinder oder zumindest der Vollender der Sentimentalität mit Pfiff.« *Marcel Reich-Ranicki*

Auch als Diogenes Hörbuch erschienen,
gelesen von Helene Grass

Die schönsten Gedichte

Ausgewählt von Daniel Kampa

Eine Auswahl der schönsten Gedichte von Kurt Tucholsky, der das Herz am rechten Fleck hatte, und nicht etwa rechts. Der Band versammelt neben den romantischen auch die satirischen Gedichte von Tucholsky.

»Kurt Tucholsky hat seinen Platz im Pantheon der deutschen Literatur des 20. Jahrhunderts.«
Marcel Reich-Ranicki

Sehnsucht nach der Sehnsucht

Die schönsten Liebesgedichte
von Kurt Tucholsky

Ausgewählt von Daniel Keel
und Daniel Kampa

Kurt Tucholsky ist nicht nur der Autor von Liebesgeschichten *(Rheinsberg, Schloß Gripsholm)* und ein politischer Journalist und Feuilletonist mit spitzer Feder, sondern auch ein großer Lyriker und beschwingter Chansonnier, der frei von der Leber und vom Herzen weg die ganze Welt bedichtet hat … und natürlich auch die Liebe. Ironisch, drastisch, frech und dann wieder ganz leise, melancholisch und gefühlvoll – Tucholsky ist in seinen Liebesgedichten ein satirischer Romantiker, dem jede Prüderie fremd ist.

»Frau und Mann sind niemals frei,
Stets ist ein Gefühl dabei.«
Kurt Tucholsky

Das Tucholsky Lesebuch

Ausgewählt von Daniel Keel
und Winfried Stephan

Ein Querschnitt durch das Gesamtwerk, ein Lesebuch, das Berühmtes und Entlegenes, Vertrautes und noch oder wieder neu zu Entdeckendes sammelt.

»Wer Kurt Tucholsky war, hat Erich Kästner einmal mit einem melancholischen, zärtlichen Satz so umschrieben: ›Ein kleiner dicker Berliner, der mit der Schreibmaschine eine Katastrophe aufhalten wollte.‹ Weil ihm das leider nicht gelungen ist, könnte man ihn natürlich erfolglos nennen. Andererseits wird er noch heute mit Hingabe gelesen, auch von jungen Leuten; und das ist dann schon ein kleines Wunder, wenn man bedenkt, daß er zu seiner Zeit weder als Enthüller einen Kanzler gestürzt noch als Talkmaster einen Bambi errungen oder irgendwo Quotenrekorde aufgestellt hat. Wie gesagt ein Wunder, übrigens ein ermutigendes.« *Herbert Riehl-Heyse / Süddeutsche Zeitung, München*